停車暫借問

趙寧靜傳奇

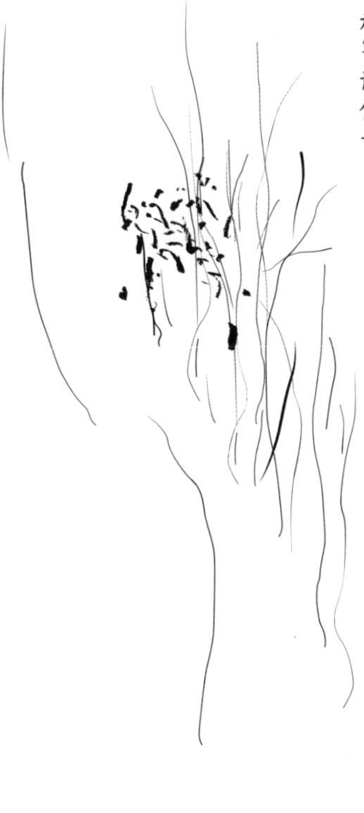

鍾曉陽 著

目次

新版自序

來自洛杉磯的信

鍾曉陽

《停車暫借問》這次重出，我想告訴讀者我寫作生涯裡的一個重要事件。始末是這樣的：

一九八二年《停車暫借問》在台灣由三三書坊出它的第一版時，我是美國密西根州安雅堡市密西根大學的一年級生。三三書坊是台灣作家朱天文和朱天心在當時與家人好友合辦的出版社。該是在後來的一次通信中，朱天心把張愛玲的洛杉磯住址給了我，囑我給她寄一本。我照她的話做了，附了一封信。不知哪來的勇氣，一點也沒害臊地就把書寄給了張先生。我沒想過會收到回信，但數月後我收到了回信。

這時我已是二年級生，離開了宿舍在校園附近的一個人家租了個房間。收信讀信的詳細情形不記得了，但我記得那狂喜，那小心翼翼珍而重之。

我寫的信沒有留底稿，能記得的部分都是憑藉回信想起的。有兩處我覺得要稍作解釋：

——「續篇當然情調不同了，怎麼說是敗筆？」——「續篇」指的是小說的第三部分〈卻遺枕函淚〉。我在信中提到對這續寫的第三部分不滿意，覺得是敗筆，所以回信裡有這兩句話。

——「報紙總是引錯話，千萬不能介意。」——這是回應我提到報紙稱我為「小張愛玲」的事。記得我還寫了一些表示歉疚和慚愧的話，想是我詞不達意，張先生以為報紙引錯了話。

往後的日子裡，這封信都和我的重要文件放在一起，隨著我遷移。但我拿出來看的次數並不多。我想我是完全沒辦法敘述，每回展讀是怎樣一種心情激盪的經驗。說不清楚是因為那字體，那話語，還是寫信人手澤的溫度。愈是年深月久，愈是覺得意味深長。

這一生僅有過一次的聯繫，本是因《停車暫借問》而來。把信拿出來放在書裡，是為了把事情來完整了，把從未說過的說一遍。關於一封信被貼上郵票從洛杉磯寄出，一個年輕女孩在安雅堡收到了信。關於前輩作家與後輩，關於勉勵，關於溫暖，關於感激。是快樂的故事也是珍貴的回憶。

二〇一九年五月

第一部

妾住長城外

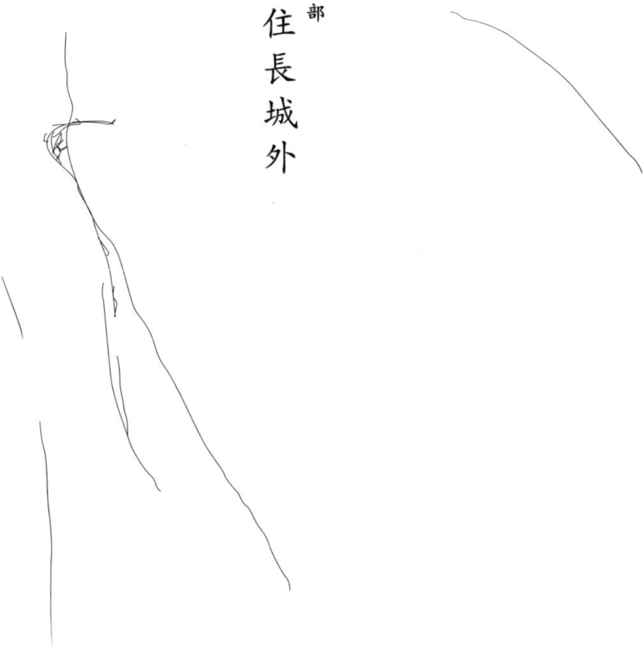

「奴是那二八滿洲姑娘，三月裏春日雪正融，迎春花兒花開時……親愛的郎君你等著吧！……」

滿州國奉天城裏有一條福康街，福康街上有一座四合大院。這宅院門前是兩棵大槐樹，槐葉密密輕輕庇蔭著兩扇獅頭銅環紅漆大門。門內兩旁是耳房。從大門起，一條碎石子徑穿過天井迤邐到正廳。天井花木扶疏，隱隱一帶迴廊透出興趣無限，東西兩側分別是左右廂房。

而歌聲是從左廂房裏嫋嫋傳出，十分閨閣秀氣，委委弱弱的一絲兒，像繡花針曳著絨線在園中刺繡，卻又隨時要斷。

房門「呀」一聲開了，趙寧靜一手捲玩著髮辮梢，一手撥開珠簾跨出來，恰見乳母江媽在打掃偏廳，手裏一把雞毛撣子孜孜拂著桌椅，雖不見得有甚麼塵，可還是讓人覺得塵埃紛飛。

「江媽早！」寧靜笑嘻嘻地招呼道。

江媽亦道了早，說：「我給你端稀飯去。」

「江媽別，我到外面吃去。」

對過的房裏傳來幾聲濁重的咳嗽，和「喀啦吐」一口痰，能想像到那口痰撻一下落在痰盂裏的重量。

寧靜湊前問：「媽昨晚怎樣了？」

江媽道：「今早過來喘得甚麼似的，敲門不應，咱也不敢進去。」

寧靜明知是怕傳染，不好揭破，又問：「永慶嫂呢？」

「昨晚服侍太太一晚上，現在床上歪著呢！」

寧靜欲要進房，看天色尚早，母親一夜不曾熟睡，此刻進去恐不相宜，便悶悶地出了庭院。這時春陽爛漫，照在一草一木上寸寸皆是光陰，又時時有去意，要在花葉上滑下來的樣子。園中的茉莉、牽牛、芍藥、牡丹、夾竹桃、石榴、鳳仙……要開的已經開了，要謝的還沒有到謝的時候，放眼望去騰紅酣綠，不似鬥麗，倒是爭寵。她走到碎石子徑上，細細碎碎盡是裂帛聲。院後洋井嘰啦嘰啦響，有點破落戶的淒淒切切，胡弦嘎嘎。一回頭原來是吳奎在引水澆花。

她跨過門檻，一腳踩在整片槐花上，才知兩樹槐花早已開得滿天淡黃如霧起，而那香氣是看得見、聞不到的。拐出衖口，一牖牖都是裏黃外黑的窗簾，把春天的臉拉得老長，那是爲怕夜裏暴露目標而設的。到了小河沿前的一列小吃攤，她買了一個熱騰騰的煎餅果子，慢慢走著吃。剛進小河沿，聽得有人「小靜、小靜」地喚，卻是張爾珍急步趨近，遠遠地便問：「上哪喀兒？」

「蹓躂蹓躂。」寧靜說。

這張爾珍是趙家第三代佃戶張貴元的女兒，到城裏念書，與寧靜同一所中學，年紀比寧靜小，所以仍不曾畢業，人長得胖乎乎的，比寧靜更大姐樣兒。

「不用上學嗎？」

「還早呢！」

兩人並肩行在一行柳樹下，柳樹深深的地方似有鳥雀啁啾，春意愈發濃了。

「你知不知道，周薔懷了孩子了。」張爾珍道。

「是嗎？」周薔是她同期同學，只念兩年，跟一個家裏經營麵館的朝鮮男孩要好起來，隨即退學結婚，家人也反對不來。「怎麼我上次去也沒聽說？」

「還是我昨兒下午上她家串門子才知道的，這兩天的事罷了！」

寧靜吃畢煎餅果子，舔舔油膩的手指頭道：「趕明兒俺們一道賀賀她去。」

踱到湖邊，湖水浸綠凝碧，映著天光一派清曉如茵。寧靜把手絹兒在水裏濯一濯，扭乾了擦手。

張爾珍靠在一根樹幹上道：「你說周薔爲甚麼嫁個高麗棒子呢？沒的白惹人閒話。」

「有啥爲甚麼的，高麗棒子不也一樣？不見得短了眼睛歪了嘴的，值得你們這般口舌。」

「哎，可別拉扯上我，我跟周薔最要好的了。」

寧靜抿嘴一笑，低頭不語。兩人又繞到小吃攤，各買一包綠豆丸子，路上戳著吃。談話間，張爾珍一聲「了不得」，猛地拉著寧靜往另一方向走。

寧靜不解道：「咋（音乍）地了？」

只見幾個草黃軍服扛著槍刺的關東軍打不遠處走過。

她嗤笑道：「喲！我道是啥事兒呢！左右還不是人？就駭得你這副嘴臉啊！虧得你五大三粗的，原來膽子還不夠我一根手指頭兒粗！」

「你少貧嘴！」張爾珍鼓起腮幫道，「我看見『甚麼』人就膈應的上。」她們慣常碰到「日本」這兩個字都用「甚麼」代替，以防隔牆有耳。

「這可不假，圓咕嚕咚又一個，圓咕嚕咚又一個，矮趴趴扁塌塌的，走道兒朧得朧的，眼睛小不丁點兒的……」寧靜邊比邊說，說說自己笑起來。

張爾珍急道：「喂，小靜，你說話別沒深沒淺，沒時沒候的，當心讓人逮著。」

「我可沒那麼窩囊……」

驀地一陣「嗚嗚嗚」的警報聲淹沒了她的話，像一堆沙埋住一隻蟻。四面八方是撼人的「嗚嗚嗚」，彷彿無數黃蜂在人們腦後追著嗡著催著。

張爾珍嚇得整包綠豆丸子扔了，挽著寧靜撒腿就跑。只見滿街男男女女、老老少少，盡都拚命朝最近的防空洞奔去，有女人找孩子的，有老的攜幼的，有小的喊媽的，全都抱命而逃，一面吆喝著：「快跑呀！」「空襲了！」亂得簡直雞飛狗走，人就賤得雞狗一般。這一切給寧靜一種幽明之感，彷彿靈體兩分，軀殼在那周圍叫著跑著，自己在陰間聽著陽界的聲音、熙攘；不防後面一個人擱她肩旁擦過，衝力太猛，她腳下一個不穩摜倒了，跌個蝦蟆爬，手裏的綠豆丸子瀉得滿地骨碌骨碌滾。那人又折回來幫著張爾珍扶她，也來不及道歉，三人一同往防空洞跑。

防空洞三面泥牆，戰壕似的挖成一長條，洞頂略比人高一二尺，這個比較小，所以格外擠，呼吸噴著呼吸，臉對著臉，一張張木木的臉，好像忽然回到石器時代，因為不知道那時候人的表情，也就作不出來，彼此更不適應。眼睛是兩口深井，有點兒水，浮著綠苔。

外面上空的偵察機嗡嗡嗡地盤旋著，蒼蠅挨食的嗡嗡嗡。有的人只管往上翻白眼，似乎能穿破洞頂看見蔚藍的天空，同時恐懼得咽著口涎，生怕炸彈正好掉在自己頭上。洞內漸漸起了騷動，有換姿勢的，低聲詛咒的；站在寧靜隔壁的累得一蹲蹲在牆腳根，扯出毛巾拭汗。那時候男人作興把毛巾掛在腰帶上，一直垂到臀部，套上襯衫露出那麼一小截方塊兒，幾根流蘇，很有些洩漏天機的意味。寧靜也想靠靠，不料才一動，膝頭辣辣地痛起來，方記起路上讓人碰一跤那回事，隨即想起那個穿白衣草綠褲的人來，是個青年人，不知給擠到哪兒去了。許是長年與日本人接觸所培養出來的直覺，她猜他是日本人。可是他有一雙大眼睛，黑森森，幽燐燐的，打她臉上一閃而逝。

她不知道此刻正有這麼一雙眼睛瞅著她，黑森森，幽燐燐的，瞅著她的烏油油的麻花大辮，單單一條，斜搭胸前，像一匹正在歇息吃草的馬的尾巴，鬆鬆的，閒閒的。一字眉是楷書一捺，顏眞卿體。兩顆單眼皮清水杏仁眼，剪開是秋波，縫上是重重簾幕。鼻樑骨稍稍凸出，有一種倔絕的美。臉型卻是柔和的，小小墜墜的下頦，彷彿一只火候極到極肉頭的蒸餃。她著一件元寶領一字襟半袖白布衫，繫黑布直裙，白襪套，黑布鍋巴底鞋，素淨似一幅水墨畫，眼是水、眉是山，衣是水、裙是山，叫人單純得不想別的，單想東北一家大姑娘，養在深閨人未識，天生麗質難自棄……

約有兩頓飯光景，警報便以一種低沉嗚咽的腔調響起，各人舒一口氣，陸續步出防空洞，做各人的事去了。寧靜一出洞口，那年輕人迎上前，鞠躬道：「小姐，對不起，剛才兒把你撞跌了。」

他是日本人！他是日本人！她想。

這當兒張爾珍才出來，幾步外等她。

「沒事兒。」她笑道。

「眞的沒事兒。」她見青年人不放心，強調一句，便離開他與張爾珍一道走了。

走走把大辮子甩到背後。頭一偏，那麼一甩，很挑釁的。

家裏還有一點兒劫後餘悸的氣氛，想是才躲過警報的關係，她家的防空洞就在後院挖的。寧靜遙遙望見正廳裏姨奶奶在喝茶，一口一口呷著，旁邊二黑子給她搧扇子，其實天氣根本不熱，約是受驚的緣故。寧靜原想直接回房裏去，但既然看見了，不好就走，只得上正廳喊聲「阿姨」。

姨奶奶微微笑了笑道：「你倒早，才剛兒躲警報我還張羅找你呢！」

寧靜胡亂做個表情算是答覆，在紅木鑲大理石圓桌邊坐了。姨奶奶又搭訕兩句閒話，寧靜始終是淡淡的。不一會兒，江媽端早飯來。一碗稀飯，一碟白果（雞蛋），一碟西紅柿，一碟醃鹹菜，白紅綠的，看上去清涼悅目。要給寧靜加碗筷時，寧靜推說不必，問姨奶奶道：「爸爸呢？」

姨奶奶亦不知，問二黑子，二黑子道：「老爺一早提著鳥籠到西門簾兒去了。」

「唉！反正也是成天繞哪兒跑，家裏啥地方不周到了？」姨奶奶這麼嘮叨著，低頭嗤溜嗤溜地喝粥。

寧靜注意到那「也是」，分明包括她在內，很不服氣地道：「呆著也是呆著，我又不是三寸金蓮不出閨門，坐多了，老得快。」

姨奶奶唐玉芝來自守舊的家庭，纏過腳，雖然放了，仍舊不大點兒。她罩一襲寶藍繡福字綢旗袍，一個個「壽」字困在一框框圓圈裏，整個的是一軸裱得直挺的仿古百壽圖。她的整張臉也是一個「壽」字，長而複雜，充滿橫紋，有些表面上的喜氣，可惜過時了，變成滑稽。

廳裏只有玉芝唏溜唏溜的喝粥聲，像有人在牆上鑿個洞吸著這廳裏的空氣。寧靜本想回房，但此刻離去，倒彷彿跟玉芝賭氣似的，便多坐一會兒，把辮子挪到前面來捲著撩著，紅頭繩上有岔出去的絨鬚鬚，便把它們捻成一股股的。

玉芝耐心地挑鹹菜葉吃，鼻翅已沁出點點汗珠。寧靜不由得想起母親汗盛，這麼一碗稀飯，夠叫她汗水淋漓的了。以前跟爺爺一塊住，一頓飯只敢吃半飽，怕飽足了滿頭大汗的失禮於人，不似姨奶奶不過珍珠般的一小串，是白牡丹上的滾滾肥露，福祿無疆。

玉芝擱下碗筷，用手絹兒揩揩汗，接過二黑子的扇子自己搧。忽然想起甚麼，浮眼皮瞌睡似的顫顫巍巍，上下把寧靜打量一過，來者不善地笑道：「小靜今年十八歲了吧！」

寧靜見問得奇，蹙眉道：「咋的了？」

「不小了嘛！是大姑娘了！」玉芝乾笑著說，小動作地搖扇，不起風的。

「小是不小了，沒有你大就是了。」她雖出口狡猾，心裏可有點兒緊張，忘形地一味捻著絨鬚鬚，用勁一猛，竟把繩結抽鬆了，忙用手捏緊辮梢，正好藉故回房梳頭。多半女孩子到了十六七八，對某些問題總特別敏感，容易產生聯想，甚至幻想。

寧靜梳好頭，即到母親處。母親房裏終年是桑榆晚景的悽惻，傍晚殘陽落在簷前，是迴光返照。老傭永慶嫂朝夕在此照料，一切乾淨，倒像在與死者沐浴更衣。

她進去時母親醒著，呆呆地半躺在炕上，見她進來，似乎十分高興，拍拍炕沿喊她坐。

她看見一排窗戶閉得嚴嚴的，便過去開窗，一面道：「怎麼永慶嫂也不開窗，多悶的上！」

「我叫她甭開的，害怕著涼。」

寧靜坐到母親炕邊，膝頭倒又痛起來，才想起回來這麼久還沒有察看過。

母親枕邊擱一個小鐵罐，讓她吐痰方便的，此刻罐底膠著兩口痰，帶點兒血絲，像她的黃銅色的臉。寧靜不由得一陣心酸。

「小靜你說我這病能好嗎？」母親隔些時日總要問的。

「能好的，好好養息，怎不能好呢？」

母親長長歎息一聲道：「好不了囉！」

寧靜正感到難過，一股藥味飄了進來，是永慶嫂捧藥來了，放在通風處涼快。見到寧靜，就嘟嘟噥噥叨咕早上的事，三奶奶怎麼不願起來躲警報，怎麼要她自己走，她怎麼放不下，只得拉上簾子守在屋裏，還沒炸呢倒差點兒給嚇死了……

一陣過堂風，把一邊沒鉤牢的帳幔子吹落了，大紅緞的帳幔蕩到寧靜面前，母親的臉深深嵌在幔影裏，頭髮亂披著，顴骨高高的，如駱駝峰。朝她笑時竟含著慈悲安詳，像遠遠雲端的一尊觀音，很遠很遠的。

「媽，我給您篦頭。」她說。

隨即把篦子絮上棉花，脫了鞋，就爬到炕上緊靠牆那邊，興致很好地替母親篦著。因是跪坐的姿勢，膝頭的痛又在作祟。

母親終日纏綿病榻，絕少出門，因此篦子上的棉花不怎麼見黑，只是頭髮又乾又脆，一篦下去掉得滿床都是。寧靜馬上收了手勁兒，僅讓篦子在母親髮上輕輕滑，輕輕滑。

「你以後沒事兒就別常來吧！」母親道。

「我不怕傳染。」

母親不再言語，幽幽歎一口氣。

李茵蓉嫁到趙家也有三十年了。當初憑了父母之命，媒妁之言，一肩花轎把她從李家鋪子抬到三家子，從此是生作趙家婦，死作趙家鬼了。可是趙雲濤受的是洋教育，崇尚自由戀愛。加上李茵蓉愣愣板板，無一點少女嬌媚之處，趙雲濤更爲不喜，新媳婦過門不久，便遠赴上海復旦大學攻讀了。夫妻一別十二年，待趙雲濤回來，李茵蓉已三十冒頭，這才有了寧靜。多年後，趙雲濤在外面養了小公館，多了一個家，經常徹夜不歸。三年前茵蓉得了肺病，雲濤嫌病人瑣務繁多，抓住機會，叫茵蓉搬到西廂，然後把玉芝接回來當姨奶奶，還帶著八歲的小兒子趙言善。理由是病人不宜勞神，暫由玉芝當家。可是當家權一旦落入他人手，又哪裏能追得回來呢？玉芝既入了趙家門，又哪裏能再走出去呢？茵蓉生性容忍，懶得爭這閒氣，乾脆退隱起來。

比起家底，玉芝自是及不上茵蓉是大戶人家出身，可是她跟一般姨奶奶一樣，多上兩分姿色伶俐。當初委曲求全，也是盼這麼一天，踏入趙家門，就甚麼都好辦了。天下姨奶奶，哪個不是看錢財分上的？不過現在她倒不急；茵蓉看來命不長久，寧靜遲早得出嫁，況且——三千寵愛在一身。

茵蓉倒並不恨，就是怨，也只怨自己命薄而已。從嫁到趙家第一天起，她就立定主意守它一輩子的。如今只有寧靜給她作伴兒，兩人相對有時也無話可說，她會講些童年的生活，私塾念書的情形，教寧靜幾首詩詞，讓寧靜唱歌她聽，唱去了年輕，唱來了蒼老。日子似盡還續。

今天是寧靜相親的日子。

寧靜相親，是姨奶奶暗中捅咕的，託娘家人保的媒。雖說不急，有寧靜這口舌利巧，不買她賬的在，終是礙事。早早把寧靜打發走了，也好一勞永逸。

寧靜肚裏雪亮，可還是開開心心妝扮起來。遇上合適的，她未嘗不想嫁。這個家她是待夠了，除了母親，沒有甚麼可眷戀的。然而怎麼樣方是合適呢？英俊？有錢？她一面換衣服一面胡亂想著，穿的是一件桃色碎花對開短衫，仍舊繫黑直裙。外面風動樹梢，寧靜支起窗戶，低低哼著歌，對鏡編辮子，心裏還是亂亂的，手勢不穩頭髮鬆了，只得重新再來，偏偏趙言善在窗外鬼頭鬼腦地往裏張望，她迎上前，小善興奮地道：「姊，鎖柱子家的梨花開了，喊我們去瞧，可以砍一枝回來呢！」

雖則同父異母，兩姊弟卻處得不錯。他知道她頂愛梨花。她盤算著，客人晌午才來，可以玩一早上，念頭一動，不禁玩心大起，收拾收拾，便急急忙忙走了。

晌午時分，客人如約到來，趙雲濤陪他客廳裏聊天。玉芝急得只是搓手在一旁團團轉，紅漆大門依然久久無動靜。

終於，大門處進來一株白梨花，就像桃花那樣一大株，陽光下飛飛泛泛，彷彿一棵火樹銀花在那兒斥斥錯錯燒著。愈燒愈盛，愈燒愈近，蔥綠葉中透點桃紅，是寧靜的花襯衫，也在斥斥錯錯燒著。到了半路，梨花移到小善肩上，寧靜兩頰紅赧赧的碎步過來，彷彿梨花還沒有燒完，還在她腮上灼灼地燒。

玉芝因笑道：「哎喲！小靜哪兒去了，『戚兒』早來了（戚音且，客人），等你老半天，來來！我給你介紹一下。這是郭恒先生……哪，這是俺們小靜。」

寧靜利利瞪她一眼，不作聲，轉即看那郭恒。是副樸素老實相，聽說家裏開當鋪的，他幫著打理，沒讀過甚麼書，有兩個錢兒就是了。二十好幾了吧，寧靜想。

她打對面坐了，趙雲濤寵寵地問：「幹哈（啥）去了，玩得埋里埋汰的回來？」

「看梨花嘛，原先打量著早回來，鎖柱子媽又弄餛飩俺們吃，不吃饞的上。」趙雲濤哈哈笑起來，寧靜也笑了。

保媒的大娘笑道：「姑娘裝袋煙吧！」

玉芝也幫腔：「是呀！裝袋煙吧！意思意思。」

寧靜噘著嘴不肯，與她父親說。她知道父親新派，不講究這些俗套。

趙雲濤果然拍拍她道：「好，好，免了吧！免了吧！」他不怎麼看得上這姓郭的。

玉芝碰了一個釘子，有點不甘，又攛掇兩人出去吃頓飯。寧靜倒爽快，站起來就走。下館子自然男的請客，她就敲他一槓。

兩人逛著最旺的中街，寧靜習慣地把辮子捲著玩，循著方磚子走，一步踩一格，一步踩一格。

郭恒長得高，高得過分，以至肩胛向前傴著。腳長長的，怎麼慢還在寧靜前頭。

寧靜說：「你真高，像我家的衣帽架。」

他中指頂頂鼻樑上的眼鏡框，有點茫然地望著她笑了笑，疏疏的齒縫盡吸著唾沫。對於這女孩，他有一份莫名的愛慕，然而總覺得很遠，終是無法近得。

兩人在都一處吃醬肘子肉。寧靜吃東西的節奏極好，不太快也不太慢。東北男孩多半是快的，不過此刻郭恒很收斂。

他道：「趙小姐平日在家裏做些甚麼呢？」

寧靜眼珠斜一斜，道：「跟你一樣，做買賣！」

「我？」郭恒顯然很驚愕。她父親明明是大地主呀。

「嗯，做買賣。」她點點頭，肯定的，再加以解釋：「我是專相親的，每相一個，阿姨付我兩分錢，已經攢了好幾十分了。」

郭恒決定不了該如何反應，乾巴巴地道：「你真會說笑。」最後是埋首吃東西，戰戰兢兢地夾粉皮，因怕醋汁醬油四下亂濺，頭俯得低低的，整個分頭擱在寧靜面前，刷白的一條分界線，白得青，像反差極強的照片上的黑白影像，給人一種戲謔的生硬的感覺。

出來時春風習習，吹得都一處門前的幌子舞姿熱烈。幌子是紙做的一個圓環，下面許許多多半寸寬的紙穗子，在風裏牽扯個沒完，牽扯中拂過一個緋衣女子。本來寧靜也不會注意到，是因爲她穿的衣服，淺紅的時興洋衫，圓領、束腰，同色薄綢西裝外套，又一頂寬邊插花小圓帽。上下唇各塗一小截兒二紅（口紅），是洋派的一點稚嫩的喜悅。再看她身旁的男孩，卻是那天躲警報……寧靜不禁一怔。那男孩亦察覺她了。大概飛舞的紙穗子把她的臉擋著點，男孩變個角度看，是她了，是她了，那神情說，但也沒怎的。寧靜朝反方面走，再回頭男孩已經遠了，西裝衣角和紙穗一樣，翩翩甚歡。

交了八月，香瓜都紛紛上市，有羊角蜜、虎皮脆、芝麻酥、頂心白、三白、紅籽白瓤、喇嘛黃、謝花甜，由走大車的從撫順鄉下或市郊運來。

寧靜有吃瓜癖，逢香瓜節候總撐得飯都不吃。這天她約了張爾珍去看周薔，也是買兩個羊角蜜，她最愛的。兩人又跑到中街稻香村，合買一個果子匣，寧靜另買一大包蔥花缸爐，這才到周薔家。看得張爾珍牙癢癢的。

寧靜與周薔是小學起一淘玩大的，要好得親姊妹般。周薔懷孕後，寧靜幾次三番去看她，幾次三番捎東西，第一次還打家裏偷一袋白米。這時已是一九四四年，日本人強增「出荷」數量，一般下等人家不用說白米，連高粱米亦不易求，便普遍吃起日本人發明的橡子麵，由橡實磨成粉做的，委實難以下嚥。寧靜這等大戶人家，在鄉下置有大畝田，不怎麼受影響。但米糧必經兩道關卡辛苦運來，頗不易爲，這樣平白偷去一袋，讓家人知道了，不免麻煩。因此只偷過一次。

周薔家是大雜院，小衚衕拐出去，便是一片紅磚平房雜雜遝遝。兩人來熟了，逕自進去，窗裏看見周薔與她婆婆在劈包米。周薔很纖瘦，留一頭黑黑直直的短髮，仰脖子劈包米時柔柔披瀉下來。她朝寧靜笑笑，陽光裏眞是燦爛。

周薔家的格局，院子和房子沒有直通的門，院子出來得從正門進，所以周薔進來時，倒像才到，寧靜覺得新鮮，拉著她唧唧咕咕直講話。

周薔看見她們帶來的大包小包，道：「呀！夠嗆，又是大包小包的，也不怕折騰的上，下回再不空手來，要不許你來串門子了。」

「周薔你休想！」張爾珍插嘴說：「小靜是喜歡的爲他傾家蕩產，不喜歡的要他傾家蕩產。」

三人皆笑起來。

周薔穿鬆鬆挺挺的寶藍陰丹士林布旗袍，微隆的肚子看不出來，寧靜硬要看，搶著把旗袍扺在她腹上，果然露出圓圓的肚子，兩人指指點點又笑作一堆。

周薔道：「我給你們掰香瓜吃。」

寧靜道：「咱們不吃，給你和小宋的。」小宋是周薔的朝鮮丈夫，郵局裏做事，上班去了。

周薔笑道：「他呀，他才不吃呢！」便拿一個大的，拇食二指彈一彈，說：「甚麼破玩兒，登硬登硬，誰挑的？你挑的？還是爾珍？要我買都是挑小的，買不好省得個個都是大傻瓜。」

寧靜兩手按著桌沿，單單左腿用勁兒，右腳尖點在左腿後搖呀搖，鬼鬼地朝她發笑。

周薔瞪瞪她道：「又有啥點子了？賊壞！」

寧靜擺擺腦袋學道：「他呀！他才不吃呢！」

周薔皺起鼻子道：「你缺德你！」又笑又氣地追打她。寧靜輕巧地避著，一手抄起那比較小的香瓜，塞給周薔道：「哪！這準是麵瓜，錯不了，一定挺麵挺麵的。」

周薔用手把香瓜抹挲抹挲（音媽沙），用指甲劃一圈破開瓜皮，兩手一捏，把瓜掰開，然後甩得甩得，甩掉那瓤兒，給寧靜一塊，轉頭卻不見爾珍，原來她自個兒跑到院子裏幫著劈包米去。

三人中午去吃龍鬚麵，寧靜愛辣，澆得一碗紅彤彤的。她跟周薔在一起，周薔是老大，她是老么，沒有別人。周薔沒她任性，反而多和爾珍聊。寧靜也開心，在一旁看著。周薔有深深長長的眼睛，吃麵時眼睫毛覆下來，彷彿兩眼上各有一勾月牙兒，寧靜盡想看看她碗裏有沒有月影。還沒看，她倒抬起眼來——成了下弦月。

趙家發源自撫順縣的三家子——一條從三戶人家繁衍開來的村莊，在當地是響噹噹的豪門富戶大地主，擁有無數田產山林，而且世代書香，前清還出過舉人進士甚麼的，傳到這一代雖有些沒落的跡象，仍然財雄勢大，名氣不衰——不過不一定都是美名罷了。

趙家行大輪排，當家的幾個並非親兄弟，而是以堂兄弟論長幼。堂兄弟中年紀最長的便是老大，次則老二，如此類推，一直排到第八，都已自立門戶。此中最不長進的要算老大，吃喝嫖賭抽大煙，樣樣來得，無一不精。有本領創業的，該推老三，培植了大量的落葉松人造林，與日本人做買賣。雖則是發國難財，爲人所不齒，但他有相當的營商頭腦，卻是無異議的。三家子附近一帶山頭，只要看見一片墨青參天黑松，便是趙老三的無疑了。至於老五趙雲濤，倒是個守業的人才，又秉性忠厚，善待佃農，親和鄉里，有求幫的都熱心濟助；因此提到趙五爺，沒有不翹起大拇指道聲好的。可是吃香的喝辣的生活過慣了，不免養成惰性，荒廢事業。

話說東北，位處邊疆，地屬塞外，自古屢受夷狄之患；及至現代，由於物產豐盛，又遭別國覬覦，可謂飽經禍劫。軍閥時期，出了一個張作霖，一度叱吒風雲，所謂「官話」，就指的是東北話。東北兵到了南方，完全出入自如，「媽拉巴子是車票，後腦勺子是護照」，乃當時俗諺。因爲這個緣故，雖然如今臣服於人，一般人還是有點好逞當年勇的英雄氣概，比如現成的趙雲濤，爲了防紅鬍子，三家子家裏養了二三十個炮手，全是扛真槍佩利刃的，先別管有效沒效，就是那排場，也沒有幾個及得上。

炮手頭兒老范今天特別忙，因爲趙老五一家這兩天就要回鄉，不巧管家的身上不好，他便越俎代庖幫著張羅，四下巡察，該囑咐的囑咐，該交代的交代。

三家子那邊正忙得如火如荼，寧靜這邊倒沒甚麼變動，各人簡單地收拾幾件衣裳，便往南站坐火車直赴撫順營盤。他們回鄉過秋冬，已成慣例。中秋節前去，元宵節後返，茵蓉仍然留在奉天養病，由永慶嫂照顧。

到達營盤，早有家中老伙（音貨）兒生福駕著四掛大馬車前來迎接，老范也來幫著提行李。趙雲濤玉芝坐上車，寧靜小善坐另外一輛雇來的，二黑子傍著生福坐，便馬蹄得得地回三家子去了。

秋風既起，河南篷兩頭翹起的通風孔一徑有風豁呼豁呼，是很婉轉的質問法。寧靜在裏面顛顛頓頓，讓它弄得有點心神不定。東北的秋風總是漠漠塵意，從大漠上吹來，帶來大漠的砂石飛揚、黃土甘甘，使人覺得那風是大漠，那大漠是風，同是蠻荒塞外的身世，和蹄聲得得的戎馬衣裝。寧靜很開心，覺得是行走江湖，要從關外趕春到江南。

三家子的宅院比奉天的還要大，較舊，圍牆較矮，也是倚綠扶紅，曲廊回合。趙雲濤好養鴿子，滿院都是飛高竄低的鴿子。眾人走經天井，到處是撲剌撲剌的振翅聲。

秋冬之交，收割告成，正是農事閒適，許多關內或本鄉的打貂人及打獵人，莫不到郊外設阱捕獵。八月節原不是打獵季，但也有日本官僚、軍人結隊秋狩，圖個玩興的，運氣好的話也能捕些山雞野豬甚麼的。每有到三家子鄰近一帶的，夜間便多由趙家款待應酬。趙雲濤因爲地位關係，奉天市政府中亦有相熟之人，間或走動一下，有事也好裏外方便。

中秋節那天午後，就有這麼一幫日本官僚到趙家投宿，其中只有岡田和上野是趙雲濤認識的，其餘皆未謀面。那上野幾次要替趙雲濤找事，趙雲濤都婉拒了。

大家一一介紹過，敘過寒溫，便坐下捧茶談天。遇上這等場面，寧靜小善通常只到一到，作個禮數，晚上的宴席也不參加。

寧靜出來，於一片鬢影發光中看見一雙閃黝黝的眼睛，只有那麼一雙，當下一愣，似驚似喜，略顯拘束起來，一味把辮梢盤盤弄弄。

那些日本人都穿一式淺黃馬褲，小腿上裹得緊緊的，上到臀部平空起個大泡，十分誇張。衣帽架上掛著大大小小的淺黃帽子，顯然是戴帽子來的。有的人向寧靜行九十度鞠躬見面禮，她只點頭答禮。倒是那玉芝於這上頭挺爽快，也來個九十度鞠躬回禮，腰肢控得低低，眞是隨時要跪下。

那男孩右手邊的中年人，她父親介紹作吉田冰美，關東軍的通譯官；還有大兒子吉田萬太郎；再就次子，那男孩，叫吉田千重的，南滿醫科大學的學生。千重朝她鞠躬，笑笑，喜悅不外露，可是整個人是在喜悅裏。她一顆心卜通卜通地跳，也朝他笑，她很高興他不叫次郎，他叫千重。她知道那南滿醫科大學的，就是大和旅館斜對面的紅褐磚的建築物。

寧靜回到房裏，一直心懸樑椽，老要出去，到門口又回來，倚在窗旁想，槐樹挲挲，想想笑笑。她終於還是打起簾子出去，望見江媽打後進院子出來，手裏不知握把甚麼，提個藤筐，搦枝木杆，到得院子，把手裏的東西灑下，卻是一堆包米渣（音查）子，然後用木杆拄起藤筐，杆上有線，直拉到偏廳階前。寧靜知道是捕鴿子，便下來道：「江媽，讓我來。」接過線頭，就坐到階上等，江媽在一旁候著。

那邊正廳上了點心果品，千重想寧靜怎不來吃，起來踱到簷下，看見院中央斜撐起的藤筐，和樹隙葉間寧靜垂垂的小臉，垂垂的髮，整個的是一垂流水。他覺得寧靜沒有忸怩靦腆，但是總有羞態，不知打哪兒來的。再細看時才發現寧靜原來執著根東西，太遠看不出線來，只見一隻鴿子躍到筐下吃包米，寧靜一揪，把鴿子覆在筐下了。她是眞喜悅地笑起來，側身仰頭對江媽笑說句甚麼，頭一偏，把辮子甩到後面，任江媽把鴿子抓到廚房，又支起藤筐等下一隻。臉上的表情是那麼單薄，彷彿是彷紙折的，隨時風一吹都會幻滅掉。

晚間趙雲濤玉芝設筵宴客，小善草草吃點饅頭包子就出去跟村裏的孩子玩了，剩下寧靜一個。這時院子四周已點著了走馬燈，樹椏杈間都插掛著紙燈籠，各形各色，浸得遍地幽幽搖搖的燭影火舌。院子中央擱了一張黑木桌，陳列果餅供月，想待會兒客人飯後要來飲酒賞月的。她記得母親逢中秋總要她跪下來向月光磕個頭。

供月果餅，月餅有提漿、翻毛，水果有鴨梨、小白梨、秋子梨，和一捆水晶、一捆琥珀葡萄。其他有桂花糖、桂花糕、橙黃佛手，都堆得小丘般。寧靜不吃飯，也爲著留肚子吃這些，便挑了一塊棗泥餡的自來白。聽聽外面笑語喧嘩，好不熱鬧，忍不住從一棵石榴樹上摘下燈籠，提著往外走，走走不覺踩在一個人影上。

「一個人？」千重問。

寧靜怔一怔，笑著不答，低頭看見手裏的月餅，揚一揚道：「吃月餅？」

「不，剛吃完你捉的鴿子。」

寧靜偏著頭又笑笑，似乎十分詫異，彷彿聽不懂他日本腔濃濃拖慢了的東北話。

兩人緩緩步出大門，循路走著，夾道的茅屋草房莫不高掛燈籠。月亮升起來了，光暈凝脂，鍾情得只照三家子一村；寧靜手裏也有月亮，一路細細碎碎篩著淺黃月光，襯得兩個人影分外清晰；燈籠有點動動盪盪的，人影便有些眞切不起來，倒像他們在坐船渡江，行舟不穩，倒影泛在水上聚聚散散。

她覺得手裏的月餅甚不好處置，要吃不好意思，不吃老拿著也不像話，便盡量像平常似的吃起來，吃吃也就安心了。一些酥皮層上的小屑沾在嘴角上，又讓她的呼吸吹落到襟上，好像下了片白茫茫的雪。

兩人彼此聊了些家常事。千重是十三歲那年全家遷來的，在這兒住了差不多十年，就住在南站，東北人都喊它日本站。談到寧靜的學業，她跟父親一樣會感到爲難。她中學畢業，倒還罷了。至於小善，因爲趙雲濤不願意他受日本教育，沒讓他念，反正這麼些田產，夠他一輩子吃的了，如此這般，日本人面前自然得編另一篇說辭。

踱到一處瓜棚下，兩人很有默契地站住了。遠遠的梨樹下有人說書，正說得激烈，一盞紅燈籠晦晦晃晃，映著周圍一堵小孩子的臉，也有大人來湊趣兒的；隱隱約約可聽到宋江兩個字，約莫說的是《水滸傳》。千重道：「才剛兒你爸爸只說你是他的女兒，並沒有說你的名字呢！」

寧靜猶疑一下道：「我是梁山泊的軍師——吳（無）用。」說完自己倒先笑了。千重有點發愣，明明在笑，笑得卻沒內容。寧靜這才想起他雖會說東北話，這些俏皮話不一定能懂，當下好生後悔，不知怎麼收場，乾脆不用技巧：「我的名字是爺爺改的，叫趙寧靜，安寧的寧，唔……很靜的靜，就是不吵的那個靜——」她覺得自己講得禿嚕反帳的，微感不足。抬頭架上的瓜都快熟了，青青大大的，吊在那兒給人沉重之感，不像葡萄的有一種風致。寧靜伸手把梗上枯乾了的花瓣拔掉，不一刻把她頭頂上的幾個都拔完了。

她今天穿白底黃格子襯衫，外套對開小翻領黑毛衣，衣上還有剛才落下星星霜霜的小餅屑。他很想給她撥去，有點心癢癢的起來，一陣風過，也仍然沒有吹淨。不料這陣風卻久久不歇，秋意襲人，燈籠「噗」一聲熄了，他以為是風吹熄的，看看原來是蠟燭燒盡了，想出來已不少時間，便和寧靜一道往回走。

當晚，客人在後進一帶空房住下。

第二天早上，寧靜吃過早飯，兜一襟包米到院子裏餵鴿子，許多鴿子團團圍住她的腳踝啄食，不知怎麼突然撲刺刺都驚飛走了，寧靜抬起頭來，千重站在那兒，有禮地鞠躬道：「早！」

寧靜撐眉問：「你們不是去打獵嗎？」

「我沒去。」

「咋的了？」

千重聳聳肩，只是覷著她，也不笑。寧靜忽然怕起來，低下頭又餵鴿子，問道：「你出來這麼些天，不怕耽擱功課嗎？」

「沒問題，攆得上。」他接著說：「你們不把鴿子的翅膀剪掉，當心它們跑了。」

「沒事兒，」寧靜灑下最後幾粒包米說：「其實俺們並不怎麼特別養，隨它們要飛來就飛來，要飛走就飛走，反正這嘎兒多的是稻麥，餓不死它們。」

兩人話盡，一時沉默下來，秋風颳得滿院沙沙作響，彷彿急雨乍來。

千重欲語還休，寧靜便道：「這麼著，咱倆出去蹓躂蹓躂吧！」

秋天的郊野漾滿了清清烈烈的味兒，是沒有摻水的酒。稻禾有已經收割了的，有還沒有收割的，放眼望去全都燦黃如金。

寧靜發現千重走路總是有那麼點兒向後仰的意思，八字腳，腳踵使勁兒，覺得很好玩，別過臉偷偷笑。

來到一片蘿蔔田，寧靜叫停，問道：「你吃過咱們的蘿蔔沒？」

千重說沒有，寧靜便踏到田裏，蹲下來挖蘿蔔，頭低低著，幾絡亂髮拂到臉上，讓她挽到耳後了。

她忽喜道：「呀，這個好！」然後使勁拔那葉子，千重趕上去幫忙，合力把一個大圓的粉紅蘿蔔拔出來，寧靜捧著它到附近一塊石頭邊，叭一下擊在石上，一個蘿蔔霎時碎作許多塊。

她撿起兩塊沒弄髒的，遞給千重一塊。雪白的肉直是甜，兩人都笑起來。吃完滿手泥沒處揩，寧靜跑到一間村屋的水缸前，揭起蓋子拿起瓢就舀水洗，千重也上來洗，不時詫異地望望她。

她道：「沒事兒，都是我爸的佃戶。」

水極涼，滴滴嗒嗒濺到他們腳背上，人也要秋意起來。

以下的路程依然沉默的時候多，可是大概心情都好，不時相視笑笑。寧靜直在動腦筋想些新鮮玩意兒，來到黃豆田，她笑道：「喂，吃不吃烤黃豆？可好吃了。哪，你去撿幾根枯枝來生火。」

千重撿完枯枝，寧靜已經用毛衣兜了一兜熟透的毛豆。先把枯枝折一截截兒，添些槁草，擱上黃豆，問千重要火柴，千重剛巧帶了來，隨即在沙地上生火。火苗烤著毛豆嗶嗶剝剝響，是超小型的爆炸。寧靜和千重蹲在路邊看，她手裏一根枝杆兒撩撩撥撥，他望著她撥，她白皙的手腕，小小的手。

枯枝槁草略多了，火苗燒個不停，寧靜站起來道：「行了，要糊了。」可是自己穿布鞋，不敢踩，千重會意，幾下子就把火給踏熄了。

這時黃豆都已從毛豆殼兒裏脫出來，烤得焦焦黃黃的，他們各挑一把，坐在路邊一粒粒吃起來。

一陣馬蹄聲揚起塵土濛濛，是走大車運糧的，大概運完了，車是空的，走得較快，在前面不遠停下，兩人正感奇怪，駕車的壯碩男人卻回頭喊道：「小姐！」

寧靜一看，原來是爾珍的父親張貴元，馬上上前道：「貴元伯，運糧啊！」

張貴元點點頭道：「出荷的！」

他往千重那邊張張，壓低嗓子問：「哪個『戚兒』？」

「打獵的。」

他又湊低些問：「日本人？」

寧靜點點頭。

他鄙蔑地撇撇嘴說：「當心才好！」然後揮鞭撻馬，臨走拋下一句：「有空兒做水豆腐你吃！」便驅車趕馬地揚長而去了。

寧靜回來，有點不自在，無意義地說：「我爸的佃戶……女兒是我朋友，在城裏念書。對了，就是那天躲警報跟我一道兒，胖乎乎的那個。」

走到山上，千重的情緒有點低落下來，是因爲寧靜低落的關係。這山上種的是梨樹，皆已結果。兩人坐在一棵樹下，久久不言語。這地方是斜坡，前面樹上的沙梨彎彎地垂在她面前，青青腫腫的。寧靜把它摘下，用衣衫抹抹，「嚓」地咬一口。

她望著林外遠遠的地方，悠悠地說：「我爸爸告訴我，這地方本來叫北大荒，沒有人煙。因爲那時山東常常發生旱災，連年饑荒，許多人便扶老攜幼，大籮筐小布包的來了。看見這裏沃野千里，無邊無際，便決定留在這兒。因爲土地並沒有主人，誰第一個插上鋤頭，那片地就是誰的。所以我祖上這兒種種，那兒種種，留下這大片大片的田和大座大座的山給俺們後代。」她想那眞是偉大的年代，山東人遷移到北大荒，開墾土地，生兒育女；一犁春耕，百谷秋成。漸漸地立地生根，成了東北人，這裏就是他們老家。那當然是很久很久以前的事了！

他喜歡她說話時的表情，單薄而沒有名堂，握著梨忘了吃，梨肉上都泛鏽了。

千重拾起一根樹枝，在一小片禿地上寫起字來。寧靜也拾一根寫著玩。她寫「千重」，他就告訴她平假名是這樣的：「ちえ」；她寫「寧靜」，他也寫道：「ネイセ

イ」。他又教她「早安」的平假名是「おはいよう」，「山」是「やま」，「我」是「わたし」，「他」是「かれ」……寧靜拄著樹枝聽他講。他寫得非常專心。她覺得他不大講話，可是做甚麼都專注一致，無論甚麼事，只要他一做，他就全心力都在那上面，整個人整個魂都在裏頭，甚至吃黃豆，吃蘿蔔，或者戀愛。

寧靜呆呆地望著那滿地海米似的字。她學過日文，日本人來了有多久，她就學了有多久，可是從來沒有用心學，因爲她不肯。最熟的自然是「國民訓」，還有裕仁天皇的詔書，每天上學在廣場升旗時就要背，師生俱穿著劃一的「協和服」，向著紅藍白黑滿地黃的國旗背，向著康德皇帝的相片背，朝著天照大神行禮，朝著東方行禮……寧靜突然不耐煩起來，「喀啦」一聲，樹枝竟讓她壓斷了。他約莫覺察了些，一聲不吭，撂下樹枝，牽她下山去。一路上更是無話可說。

第四天，客人皆告辭回奉天，臨行鞠躬行禮的甚表謝意。千重抓空兒問寧靜道：「甚麼時候再見你？」

寧靜咬咬下唇，想說：「我再也不要見你了。」又捨不得。萬一他信以爲眞呢？萬一他眞不找她了呢？

千重臉上打個問號，深深瞅著她，她還是說：「我再也不要見你了。」

「立冬交十月，小雪地封嚴，大雪江河凉，冬至不行船。小寒在三九，大寒就過年。」

東北冷得早，八月節過沒幾天，泰半已加上毛衣華絲葛夾袍；北風一起，大大小小俱換上棉襖棉褲烏拉鞋，男的戴氈帽，女的圍圍巾，炭火盆兒烘得一室暖烘烘的，紛紛飄的炭灰沾得頭臉皆是，一抹一撇黑。

趙家的院子積雪盈尺，雪白的雪鋪在樹椏杈上、屋簷上、梯階上，好像不知有多少思凡的雲，下來惹紅塵的。

寧靜懶懶地歪在炕上看《紅樓夢》，是第七十八回晴雯剛死，賈政卻把寶玉召去爲林四娘做輓詞……「獨寶玉一人悽楚，回至園中，猛見池上芙蓉，想起小丫鬟說晴雯做了芙蓉之神，不覺又喜歡起來，乃看著芙蓉嗟歎了一會……」寶玉擬至靈前一祭，「……因用晴雯素日所喜之冰鮫縠一幅，楷字寫成，名曰芙蓉女兒誄……」讀至此處，寧靜心中悽慘，掩卷一擲，牛皮靴咯度一聲落地。她想就只爲此，晴雯也非是芙蓉之神不可了，先有意後有名，名後又有無限意，這番卻怎樣都命不了名了。

寧靜唏噓一歎，來至廳前，只見院中梅花開放，一朵枝頭肥，盞盞吐馨香，也不管外面天寒地凍，踏雪來至梅前，殷殷觀賞起來，不覺癡了，又愈發思念千重。沒見面有四個月了，倒像天天都見到他，總有那麼些東西叫她想完又想，想之不盡，落得惆悵而已。

癡想間，正在掃雪的二黑子迎進爾珍，寧靜才醒過來。爾珍放寒假回鄉下，三天兩頭就往寧靜家跑，兩人窩在炕上嘎嗒牙兒。

房裏的炭火盆兒旺盛地燒，一枚枚炭紅得透明，像永遠不會滅。寧靜拿著火鉗子拌拌撥撥，爾珍看她今天分外沉默，不便先開話匣子，只愣愣地一旁瞅著。寧靜腮頰亦紅通通的，眼眶像汪得出水，只一手托腮無情無緒地攪，身子控得低低，以至兩支椅腳老不沾地。她著黑底縷金牡丹襖兒，黑直裙，黃牛皮靴，靴帶從腳尖起交叉穿行至膝下，靴跟爲軸，腳板一徑畫著半圈。爾珍不禁入神。寧靜是最使她著迷的女孩兒，然而總是待她淡淡的。

寧靜撂下大火鉗，輕聲說：「餓了。」衣櫃裏取出一襲黑絨狐狸皮小翻領斗篷披上，撥簾而出，頃刻即返，托著兩個土豆兒，埋在炭灰裏煨著。她靜靜地做著這些，把爾珍憋得悶悶的，再也忍不住，於是問道：「小靜你啥事兒悶不溜丢兒的？」

寧靜頭微擺著，兩根辮子在裙子上左拂右拂的，想起張貴元不久前請她吃水豆腐，倒要回請他女兒才好，便道：「你明天來好了，我做小豆包你吃，今兒心裏不痛快，老想躺著。」

下午寧靜還是歪在炕上讀《紅樓夢》，蓋上黑斗篷，一隻腳提蹬著吊在炕側，浪蕩蕩地曳著，讀至黛玉指點寶玉祭文該修改處，爲兕紫鵑事糾纏一陣「寶玉道：『我又有了，這一改恰當了，莫若說，茜紗窗下，我本無緣，黃土壟中，卿何薄命。』黛玉聽了，陡然變顏，雖有無限狐疑……」忽聽得窗上噗的一響，駭了一跳，等等並無聲息，正要讀下去，陡地又是噗一響，只得起來，一看窗紙上印著兩團雪影。

窗紙是窗槅外糊的，因天寒落雪，若糊在裏面，雪水容易滲進槅縫，把窗紙黴壞。因此那兩團雪影正慢慢往下滑。

寧靜以爲是小善淘氣，支窗外望，不知甚麼時候下起雪來，牆頭上露出一個人頭，戴氈帽的，她嚇得縮了手，窗戶砰地閉上，仍不安心，好奇地又揭起看，這一看看出是千重，眞是驚喜萬分，更覺詫異，一顆心乒乒乓乓撞起來，忙披了斗篷出去。

千重看著她及地斗篷鼓脹如帆地浮雪而來，眞覺恍如隔世，白皚皚的雪是他們相逢的邊際。他一時百感交集，跑著迎上去，百感只化得一個喜字。兩人相笑不語，他凝進她眼裏。

半晌，寧靜道：「怎會來的呢？膽子眞大，也不怕炮手看見打你。」

千重獨笑。

兩人又敘片刻，才發覺都站在雪地裏，好在這兒地段偏僻，沒甚麼人，欲邀千重進屋，又覺不便。寧靜說：「這麼著，你擱這兒走，到村後河套等我，要躲著。」

她回家到門房找老伙兒生福，說要坐爬犁，生福不以爲異，依令把馬兒繫上坐箱，拉到河套，就坐預備馭馬。

寧靜道：「我自己來，你回去吧！」

生福耳背，寧靜大聲重複一遍，他便蹣跚回去了。

千重打石後出來，寧靜笑著招他，不料颼地人影一掠，小善已端正正坐在坐箱上，嘻嘻猴笑道：「我也要玩！」

寧靜急怒攻心，吼道：「小捱刀的，你給我下來，當心我揍你，你下來不？」

小善瞥瞥千重道：「姊眞不夠意思，跟人家玩不跟我玩，看我回去告訴去。」

寧靜氣得把頭一梗，有點緊張，語音都抖抖的：「王八犢子，你不下來是不是？」

小善悶著頭直搖，寧靜拽出馬鞭，「唬」地一下往小善身上抽，抽在厚衣上並不痛，她「唬」地又抽一鞭，辣辣地掃過他腮頰，他捂著臉「哇」地放聲大哭，寧靜要再抽，卻讓千重擋住了。小善下來哭哭啼啼地回家去。

寧靜雪地上怔半天，最後卜隆一聲坐到坐箱上。千重強笑，踢踢坐箱道：「沒有轂轆的呢？」

寧靜一張臉冷冷拉拉的，不接碴兒。

坐箱兩邊貼幅大紅對子：「車行千里路，人馬保平安。」千重念著，不知是甚麼感覺。

河面結冰，像一條長長晶晶的白玉帶，兩旁樹林簌簌後退，樹上疊雪，如白珊瑚，有那常青的，則透出湮遠的一點綠意。寧靜策馬馳騁，及出微汗方止，挨在千重懷裏，隨馬匹點蕩而行，坐箱在冰上緩緩滑翔。

千重攬緊她的肩膊，心裏絞疼著，忽聽得嚶嚶哭泣，低頭一瞧，寧靜臉上早已爬滿淚痕，眼眶紅紅的，眼睫一扇一扇盡是芭蕉雨露。

他攬得更緊一點兒，道：「你不用擔心。」

她微微搖搖頭。

寧靜頭微仰著，雪花飄飄，在她眉間額際淅淅溶溶，彷彿許多的冬季，到處留痕。

千重看著她這一身裝束，像大漠草原上的部落小郡主，楚宮腰，小蠻靴，心裏喜愛，又擁緊一些，他要自己永遠不忘記此刻偎依的感覺。

寧靜捻著他棕色襖上的算盤疙瘩，捻得起勁，一面說道：「你怎麼來的？」

「坐火車到營盤，訂旅館，然後騎驢垛子來。」

「驢垛子？」

「唔，跟一個莊稼人打商量，付他錢載我一程。」

寧靜想他費這許多周折，為來看自己一眼，可知這份心了，不覺甜絲絲笑起來。

接著問：「怎麼跟家裏說的呢？」

「跟朋友合計編謊，說到他家裏住。」

千重的右手食指撫巡著寧靜的鼻樑，撫著撫著，說：「我最喜歡東北人的鼻樑骨，突出那麼一點兒。」

「那才難看呢！」她說。

「不，它有它的作用，好比兩人吵架，一方孤掌難鳴，一方卻有很多人幫著吶喊助威，這鼻樑骨，就有那群人的作用。」

她噗嗤笑道：「哪兒來的這許多理論……」

千重不等她說完，俯低輕吻她額角，一片雪花在他唇間溶解，像一整個雪季，化於唇溫。

兩人玩至天晚方回。雪已停了，寧靜把爬犁泊在家後門附近，向千重道：「你駕這爬犁到營盤好了。」

千重搖頭道：「不，我駕它到營盤沒法兒安頓，你在家也沒法兒交代。我走路去好了。」

「不行，這兒到營盤得兩三個小時路，現在漆老黑的，怎麼可以？」

千重下來拍去身上的雪糜說：「不可以也得可以。」

「你要是眞要走，我寧可你住到我家裏，事情鬧大了也由它。」

千重拉著她的手，凝注她的臉道：「小靜，你別跟我犟（音降），你讓我永遠記得自己是從這兒走回去的，好不好？」

寧靜聽出他的話有別意，好不辛酸，遂道：「那，我去替你拿盞燈籠。」

她不願驚動屋裏人，由千重幫著攀上牆頭，再揀一處有樹的下去。千重在牆外聽見「啪」的著地聲，和窸窸窣窣逐漸遠去的腳步聲，心裏很怕她再也不回來。

寧靜找著一盞留作過年用的油紙燈籠，點燃燭火，飛快趕回去，半路卻碰見廚子祥中。

祥中道：「咦！小姐，回來了，老爺二太太問起你呢。」

寧靜心虛，忙問：「有甚麼事嗎？」

「不知道，大概晚飯吃過了你還未回來，有點著急唄！」

他看寧靜提著燈籠，緊接著問：「怎麼，小姐，又要出去呀？」

寧靜含糊道：「路上拉了東西，去找去。」

「用得著我嗎？」

「不，不用了。」

她打後門出去，見到千重，已冷得牙齒格格的，千重道：「沒事兒吧？」

她搖搖頭，把燈籠遞給他，兩行淚已流了下來。

千重望她半晌，爲她拭去，又爲她拍拍髮上肩上的雪花，不知道該怎麼好，唯有說：「你回奉天我找你。」

寧靜點點頭，千重始離去，才跨出一步，又回頭道：「小靜，那麼久，你還沒喊過我。」

寧靜低下頭，又抬起來定定瞅著他，輕輕喚道：「千重。」隨即微笑起來。

千重亦笑笑，安心走了，每一步深深嵌在雪地裏。寧靜一直目送他，一直牢牢地盯著他不放。北風虎虎的搖動天地，把她的斗篷捲起高高，遠遠的紅燈籠也晃呀晃的，上面黃熒熒的「吉祥」二字彷彿在朝她笑，愈笑愈遠，愈遠愈模糊。燈籠偶爾會轉個角度，是千重朝這邊眺望，然後又飄飄蕭蕭，飄飄蕭蕭，像小螢火，在獨自飄歸。

次日清晨，寧靜感到喉乾舌燥，四肢無力，知道不妙，稍清醒些，便千頭萬緒都湧了上來，想起昨天的乍喜乍怒、驟聚驟別，眞是恍若夢魂中。她眼睜睜地瞪著屋樑，不禁惴惴難安，小善是見過千重的，想必認得，果眞講了出去，豈不全家都已知悉！而且他那樣哭著回來，不講才叫稀奇呢，這種把柄落在玉芝手裏，更是沒完沒了。寧靜愈發毛躁起來，闔上眼再睡片刻，卻頭痛欲裂，無論如何睡不著，她又不願意讓人知道自己病了，唯有強撐起身換衣去吃早飯，順便探探玉芝的口氣。

玉芝問她怎麼臉紅紅的，她只說屋裏悶，一頓飯吃得辛苦艱難，其他倒沒甚麼異樣，也沒有人問她昨天的事兒。

吃完早飯，還未踏進房間，寧靜突然覺得反胃想吐，慌忙飛奔到茅樓兒，路上已經吐起來，用手硬接著。吐完人就虛飄飄的，暈眩難受，勉強撐回房躺下，不覺睡熟。

差不多晌午光景，珠簾乍響，寧靜是醒著的，便翻身坐起，卻是爾珍，寧靜這才恍然記起請她吃小豆包的事，她壓根兒忘得乾乾淨淨的了，心裏抱歉，嘴上調笑道：「喲，給個棒槌當個針，果然來了，我還把這事兒忘了呢……」

她原是開玩笑的意思，正要解釋，不料爾珍愀然變色，大聲道：「你拿大，你淨熊人，我以後都不理你了，沒的熱臉貼你的冷屁股。你就對周薔一個好，那麼稀罕她，你跟她熱乎去好了。」她跺跺腳，兩隻乳峰一顛，活像鳥兒的喙。

寧靜老是昏昏的，哪有閒心抬這槓兒，索性不搭碴兒，倒頭朝裏便睡。一會子聽得門簾一陣劈哩叭啦亂響。

元宵節過後，趙家才回奉天。冬春之交，李茵蓉就去世了。

寧靜記得母親死前幾天，一直握著她的手求她嫁：茵蓉怕自己死後，唐玉芝扶正，寧靜會受欺。寧靜以前也這麼想，如今卻多了一重牽絆，想想眞恨自己回三家子，要不回去，可多陪陪母親，又可了無掛念。可是花事遞嬗花事換，還是甚麼都要過去的。

千重仍舊常來找她，兩人總到較遠的地方去，比如東陵、大清宮、柳塘、黃寺和古塔。自從八月節那次，千重再也不敢講自己國家的事，但寧靜最敏感不過，有甚麼拐彎的字眼就要犯疑心，有時簡直存心調歪。千重想想覺得灰心，處處謹愼處處不得意。寧靜又易怒，就不約她了。可是沒過兩天到底忍不住，就又去找她，攀上牆頭朝她房間的窗戶扔石子，窗戶是鑲玻璃的，太猛力怕扔破，太不用力怕聽不見，非常吃力。寧靜這邊，覺得兩人做賊似的，恨不得斷了才好。今天想明天要斷了要斷了，明天想後天要斷了要斷了，始終是枉費。兩人就這般消消停停，殷殷勤勤，也明知是捱日子而已。

一次，兩人在太元街上碰見張爾珍，遠遠的，然而她看見他們了。寧靜回來十分不安，掂掂掇掇，千思萬考，好在千重那天並不是穿馬褲。直到後來，她才猛然記起躲警報那天，張爾珍也在，偏偏過年前把她給得罪了，她倒未必會傳出去，可是寧靜總有一種可怖之感。

交了春，遍地積雪開始融了，又該是梨花開的時候。寧靜坐在偏廳階上，對面江媽眯著眼，抱著棉襖在掐上面的蚤子，一掐一個，一掐一個，棉襖約是小善的，因爲兩筒袖口蠟蠟亮亮擦鼻涕擦的。一陣陣涼風纏纏綿綿，穿梭院子裏眞是庭院深深。這裏可以聽到外面衖堂人家的母親在推搖車，「搖呀——呀搖搖呀——寶寶睡覺呀——」唱不盡的瞌睡的催眠曲；有算命瞎子打門前走過，手邊一面小鑼，噹、噹、噹打出天機來；賣小吃的彷彿在千里外吆喝著：「風糕——涼糕——捲切糕——，風糕——涼糕——捲切糕——所有市聲都在高高的圍牆外，因此是另一個人世，牆內的逍遙歲月與它不相干，只有後院裏永慶嫂在搥衣服，兩根棒槌「的的篤篤」搥在搥痲石上，開了春，許多冬天裏的被面被套漿洗好了，就總聽到這種搥衣聲。

寧靜想起母親教她的「斷續寒砧斷續風」，想起母親與李後主一般的悲涼歲月，死後只有一個妹妹來送葬，另一個住在撫順市的表哥因久未聯絡，無法通知。她不要像她母親一樣。

好些日子沒去看周薔，她飯後便去一趟。院裏有浣浣洗衣聲，和日光日影重重疊疊。隔著窗戶，她看見周薔在哄孩子睡午覺，一下一下地推著搖車，東風無力；嘴微張開，不知道是不是哼著歌。短髮披頰，臉龐顯得很瘦很清癯。

寧靜走進去，看見孩子綁帶綁得直直的癱睡那兒，搖車角插支蠅甩子，動不動陰住他的臉。

周薔有點奇怪地望望她，寧靜吃了一驚，道：「咋的了？怎麼眼睛腫得老大的？」

周薔側著頭，讓頭髮垂瀉肩上，說：「你還不知道嗎？」

「啥事兒呀？」

周薔唏唏嗦嗦哭起來，邊飲淚邊說：「小宋讓日本人捉去勤勞奉侍了。」

寧靜瞠目盯著她，她抹抹淚說：「爾珍沒告訴你嗎？」

寧靜搖搖頭，周薔又道：「她說可以找你爸想辦法，你爸爸認識人多，我本來要親自去，她說我跟你爸爸不熟，反而害事，叫我在家等消息。我還以為你早知道了呢。」

寧靜問：「甚麼時候的事兒？」

「兩三天了吧！」

寧靜氣得渾身發抖，一聲不響地反身衝出去，本要先找爾珍算賬，躊躇一下還是先辦周薔的事要緊，便氣促促地跑回家，篷篷篷地敲大門，一股勁兒直闖到書房。書房門緊閉著，她感覺到裏面有人語，走近些以為玉芝在講話，再聽認出是爾珍，虛飄飄一句話入了寧靜耳中：「您老要是爲難，小靜也可以……」

寧靜很震動，一掌撞開門跨進去，一時大家都僵住。她狠狠地斜眼睨著爾珍，爾珍瑟縮那兒，兩條肥腿夾著一雙手，挺著大而無當的肚子——衣褶都堆堆攏攏擠到肚子和乳房間了。

寧靜當面質問道：「你說了甚麼歪話？」

不等答覆，書桌後的趙雲濤撐桌而起道：「爾珍，你先回去吧，我會盡量設法的，叫周薔不要著急。」

寧靜佇立原地，亂成一氣地盤著辮。趙雲濤送爾珍出門口，回來書桌後坐下。

寧靜說：「在您面前數貧嘴了？」

「說的也是實話。」

寧靜回想剛才進來時，父親根本面無難色，那結尾一句是爾珍畫蛇添足。她沒想到爾珍這樣壞。

趙雲濤拿目光端詳她，痛心地問：「小靜，怎麼會的呢？」

她不望他，負氣道：「我哪裏知道。」

趙雲濤歎口氣道：「年輕人就是衝動。」就不再言語。

寧靜正轉身離去，趙雲濤又說：「你不要忘記平頂山的浩劫。」她剔楞楞打個冷顫，走了出去。

這天以後她決定不見千重了。也不全因爲趙雲濤最後那句話，也不全因爲周薔，自己都不明白甚麼原因，忽然很絕望，絕望到想死。一面又相當注意周圍的變化，卻久無眉目。玉芝這一向倒保持緘默，寧靜揣度她可能同意自己同千重亦未可知，那種人，料不準的，誰得勢向著誰。寧靜於此對她又要有意見。

千重顯然很急，每天攀牆頭扔石子，寧靜多半面窗而坐，凝神看那石子落在玻璃上，每落一粒，心裏就絞疼一下，人就衝動一次，想出去一次。一回一粒大石子鏘一聲把玻璃窗打個洞，寧靜嚇一跳，馬上躲起來，想想覺得好笑，他是沒可能看見她的。沒法兒只得命傭人買玻璃糊，沒糊上前她從那洞口窺出去，總可以看見千重趴在牆頭，仍然不顧一切地頻擲石子。新玻璃換上後，千重就沒再來了。

轉瞬到了七月光景，生活十分安適，她重新恢復了信心，沒有他，她照樣過了，思念是另一回事。周薔的事早已解決，除了到她家，寧靜絕少出門，找母親的舊書讀，日子有一種守節的端麗。這天，外面下著滂沱大雨，屋裏聽來有一種隔世之感。彷彿房間是一只鼓，管教外面鑼鼓喧天，節氣騰騰，鼓裏空空的只對世界無知覺。寧靜歪在炕上繡枕套，是一幅喜鵲蹬梅圖，和她炕頭櫃上的鏡面圖一個款式。她素來不好針黹刺繡之工，因這枕套是母親生前繡下給她作嫁妝未完成的，自己閒著也是閒著，便續繡下去。粉紅緞面上已有一隻喜鵲，第二隻僅有一隻鳥頭，一隻翅膀是她接繡的，功夫差遠了，繡得就不耐煩，覺得自己毛腳雞似的，正感喪氣，忽然聽得窗上「噗嗒」一響，聲音絕熟悉，入耳回蕩，她當下狂喜，急急支窗外望，大雨中千重伏在牆頭，一隻手朝她招呀招，然後指指小河沿的方向。寧靜點點頭，不及多想，即刻要出去，二黑子卻打簾進來說：「小姐，老爺有事兒找你。」

寧靜心想這樣巧，說不得只好去一趟。書房裏趙雲濤負手而立，玉芝在一旁抽水煙袋。

寧靜想快快了結，劈頭道：「找我啥事兒？」

趙雲濤道：「你阿姨替你保個媒，說給一個姓高的，家裏也是地主，明兒就來相看，你的意思怎樣？」

寧靜腦裏轟的一響，立時空白，渾身機伶伶起遍雞皮疙瘩。她只是覺得可怕。這是一個陰謀，在暗中進行，而她被蒙在鼓裏。父親竟也是同謀，全世界都在合謀陷害她。

她軟弱地叫一聲，轉身死命往外跑。她從來沒感到像現在這樣需要千重過，在這世上她只有他了，他是她最親的。

千重撐著把鏽紅油紙傘站在一行煙柳下。她死命冒雨奔去，奔去時是兩個夢，一頭鑽進那無雨的世界，立刻成了夢中夢。

她撲進他懷裏只是哭，哭得肩膊一聳一聳的。他急著要看她，幾次托她的臉沒托起，唯有連著問：「小靜，甚麼事？小靜……」

寧靜一疊連聲地說：「爲甚麼你是『甚麼人』？爲甚麼你是『甚麼』？爲甚麼你是那邊的人？」

千重一把推開她道：「小靜，這是甚麼時候了，你還跟我說這樣的話。你知不知道我們可能以後都不再見？」

「我不知道！我不知道！」寧靜大聲吼著，退後一步，人退在雨裏。

千重往前一步，遮住她，要拉她，她甩開了。兩人都濕淋淋的，傘的作用，只是讓他們分清哪些是淚，哪些是雨。

千重說：「真的，小靜，可能我們以後不再見了。」

「你跟我說這些幹嘛，說你不想見我不就結了嗎——」

「當初是誰不肯見誰？那時候你突然不肯見我，我到現在還不知道是甚麼原因。」

「知道又咋地？不知道又咋地？」

「你別跟我犟。」

「我沒跟你犟。」

千重哀哀地瞅著她道：「小靜，在家裏受了甚麼委屈嗎？」

他不說則已，此語一出，寧靜的眼淚又串串簌簌瀰了滿臉。她抽咽道：「他們要我相親，事前也不讓我知道，人都約好了，才來問我的意思，擺明是欺負我。」

千重遲遲疑疑地說：「小靜，看看也不要緊，或者那是個好人。」

寧靜豁然抬頭道：「他好他的，管我啥事兒，連你，也要這樣說。」

「唉！」他撥撥她額前的髮道：「女孩子始終是要嫁的。」

「我只嫁你一個。」寧靜說完，嚇得一頭埋進千重懷裏不肯起來。千重拍拍她，摸摸她，眼眶潤濕起來。頭上的傘，護住這片潔淨天，潔淨地。

一九四五年八月十五日抗戰勝利。

這消息並沒有當天到達奉天，關東軍人心惶惶，把消息扣下。直到蘇聯紅軍向東三省進發，當地人民才知道日本軍大勢已去，登時起了動亂，仇情敵恨漲到沸點，見一個日本人就殺一個，老少都殺，屍首統統扔進防空洞。日本人閉門鮮出，所有政府官員緊急召集，火速撤離東北。

寧靜眞是悲也難言喻，喜也難言喻。那喜是爲恢復河山，天下志氣磅礴；而那悲，使她更覺得切身、切膚。有很多很多東西，可以整個天下去承受擁有，獨有這一份，是屬於她一個人的，嚼也好，嚐也好，呑也好，是她一個人的。

她暗地裏雇一輛馬車到南站繞一圈，車夫一路上高聲說：「姑娘，去接人是吧！唉！這下好了，日本鬼子也有這麼一天，可謂罪有應得，他們的橡子麵呀……媽拉巴子，俺眞是膩歪了！」

寧靜隱隱約約有點背叛的感覺，好在很快就到了。日本人住的一列房子十分低氣壓，門戶視窗關得嚴嚴，窗簾都密密拉上。她也明知見不著他，然而她總希望擱哪條門縫牆孔，他能看見她來過。

當晚，夜極深極深了，是海底的謐謐深深。房裏沒有著燈，她一個人坐在桌前，憂心忡忡，無法釋懷，一闔眼就看見千重被殺被圍毆的情景。他死了嗎？死了嗎？要是死了呢？

黑暗中，一把鏽紅油紙傘斜簽角隅，是那次千重送她到街口，逼著她要她撐回家的。她記起他怎麼對她說可能永不再見，怎麼滿目隱衷依依望她。她怎樣知道他是訣別來的呢，她還哭他，折磨他，爲難他。而他只是溫柔寵她。

寧靜走到窗旁，幾叢夜來香燦燦舞著，沒有風，香氣濃濃的化不開去。她心中有事，無心觀賞，踱到窗前，砰地跌坐炕上。他的國家戰勝，她的國家就永不得抬頭；她的國家戰勝，他就要離去。這根本是無法兩全的事，從頭至尾都是。她傷心欲絕，伏在枕上輾轉落淚，枕套裏的蕎麥殼兒讓她揉得沙沙作響，彷彿是一片茫茫雪地，有人在雪地疾疾走，她聽著聽著，漸漸昏睡起來，昏睡中有人踏雪尋來，雪地遠處有啪哩啪啦的擊石聲，她大驚坐起，發覺自己出了一身汗。細聽果然有石子打在窗上，她興奮地望出去，千重並不在牆頭，他立在牆腳根。寧靜一股酸淚往上湧，也管不了許多，就從窗爬出去，衝過去撲進他懷裏，衝得他整個人靠在牆上。

她嗚嗚地哭著，哭了好半天，要直起身來，千重卻把她按得牢牢的，不讓她起來。她覺得右肩上暖濕濕的，愈漫愈多，像自己在流血，驚得只是要仰臉看，使勁仰臉看，千重大大的眼睛是星河洶湧的夜空，淚珠兒銀閃閃的一直往下流往下流，寧靜哭得更凶，覺得斷腸。

她止住了些，說：「你還敢來？你不怕讓他們給打死？」

千重搖搖頭，只是瞅她。

她靠在他胸上，悽悽說：「甚麼時候走？」

「連夜走。」

寧靜猛地站起來道：「那你還不快，趕不上就糟了。」

「這一隊趕不上，還有下一隊的。」

「不不，我要你盡快走，現在就走。」她急道。

他安慰她說：「好，好，還有時間。」

「你知道嗎？」他微笑著說：「這次很多東西都沒法帶走，可是我把你的燈籠帶了。將來插在我房間的床頭，晚上不著燈，就點燈籠看書。」

寧靜本已快淚乾，現在又流下來，不知道是不是要說那傘她要怎麼怎麼，最後還是沒說。

千重執起她的髮辮，輕輕摩挲著。她記得有次他們去東陵玩，他也是孩子似的輕撫她的辮子，告訴她說：「我很喜歡你甩辮那個動作。」

她道：「那我以後常做。」

他說：「不，要做就不好了。」

現在他也是這樣惜惜撫辮，深思著說：「現在回想起，我們的情，全部是悲傷。」

寧靜大慟道：「不，不是的，千重，不是的。」

千重擁著她又落起淚來。

她想這樣子她寧可他不要來，讓她以爲他死了，又不知道是不是眞的，在她餘下的日子裏，他就是一個下落不明的人了。

院子裏有點露涼了，寧靜知道該是催他走的時候，又還不忍出口，只是死命貼緊他，貼得緊緊的；死命閉著眼，眼淚爬拉爬拉無休止地流。

他應該比她更悲哀，他曾經那麼自負於自己的國家，國家如今戰敗了，國人落荒而逃……那麼，該是她自負的時候了……她想想心亂得不得了，低低呻吟道：「爲甚麼這樣子？爲甚麼這樣子？」

她又明知故犯地問：「俺們還能見面不？」

千重不答，她也不追問，只是哭，知道實在該催，心裏一度一度寒冷下去。

沒等她開口，千重倒先說：「小靜，你——你恨我們國家嗎？」

寧靜愕然，有點怕，不敢答。

千重歎一口氣，動身要走，寧靜穩穩地說：「如果將來我不恨你的國家，那是因爲你。」

千重趕快別過臉去，大概淚又湧出來。他借旁邊的一棵槐樹攀上牆頭，他回眼望她。不知道是月亮還是街燈，兩張臉都是月白。她仰著頭，辮子垂在後面，神色浮浮的，彷彿她的臉是他的臉的倒影。

然後他在牆頭消失了。寧靜整個人撲在牆上，聽得牆外咚一下的皮鞋落地聲，她死命把耳朵撳在牆上，聽著聽著，腳步聲就遠得很了。

在夜裏單調而無事，好像剛剛才有一個牆外行人，一步花落，一步花開，踢踢走過。

一九四六年初夏。

趙家院子的午後除了一些風移花影動的廝鬧外，整個地打著盹兒，風的體溫薰薰地拂著拂著，連那本不睏的也睡意潦倒起來。

西廂房外廊的一張躺椅上，寧靜正睡得香。她一隻手覆著小腹上的《白香詞譜》，一隻手鬆鬆搭著扶手，頭歪過一旁，髮辮有些亂亂的。大概睡得也眞熟，並沒聽到門外達達踱過的馬蹄聲，及勒馬時車伙兒的一聲長「吁」。門上有人輕輕敲門，見無人應，又敲響一點兒，接著再敲，寧靜這才驚醒坐起，躺椅一陣俯俯仰仰地猛搖，她脖子睡梗了，正舒活著，二黑子從裏面跑出來，寧靜趕忙叫住：「二黑子，讓我來。」周薔說下午帶兒子小飛來玩的。自己還特地穿了周薔親手縫製的白底紅碎花緞子旗袍，一晌午寐弄得縐里巴嘰的。她掙下來，《白香詞譜》噗的落地，她也沒管，急步走去開門。

門一開，寧靜吃了一驚，竟是長大的一個年輕人，霸裏霸道地橫在她面前，那人穿一襲藡絲長衫，把玩著一頂紗帽，一見她，衝著她笑道：「借問一聲，這兒可姓趙？」

寧靜拈起辮子，往右方張張，不遠處泊著輛兩掛馬車，車上一個小胖老頭兒摘帽子向她招呼。她仰頦看看年輕人，這樣長大霸道的。

「沒錯兒，是姓趙的。」她說。

年輕人馬上回頭喊道：「爸，就是這兒，下來吧！」

小胖老頭兒下車把車伙兒打發走，慢步趨近，摘帽子向寧靜道：「小姑娘，趙雲濤趙老五可是你爹？」

寧靜點了頭，他又接下去：「我是你媽的表哥林宏烈，剛打撫順來瀋陽順道拜訪拜訪你爹。」

抗戰勝利後，奉天已恢復瀋陽的舊稱。

寧靜記得媽媽好像有那麼一個表哥，發喪訊時聯絡不上，如今突然找來，微覺意外，當下一側身，「裏邊兒請。」

趙雲濤正在午睡，待他出來，客人都已正廳裏告坐，茶也奉上了。林宏烈立起相迎，趙雲濤愣一愣，「喲」一聲忙上前拍他肩膊笑道：「林老大呀！稀客稀客。這麼些年，哪兒發財去了？」

「啐，發甚麼財？窮不嘍嗖的去，窮不嘍嗖的回來。」

兩人嘻哈一番，趙雲濤方省悟都還站著，便讓了坐，這才注意到那年輕人，問道：「這位是令郎吧？」

「對，我就這一個兒子，林爽然。」

寧靜在一旁聽了，心想這麼拗口的名字，和自己的名字一比併，不由得暗暗得意，該她占上風了。

趙雲濤亦介紹了寧靜，寧靜抽冷子瞥瞥那叫林爽然的，卻讓他逮著，一個勁兒朝她笑，牙齒白得耀目。寧靜又不甘起來，打他一進門，整個屋子裏裏外外都是盛氣凌人。她望望他，男孩子竟有那樣白的牙齒，這裏看去，白得直響，那麼地不收斂。

林宏烈道：「你的姑娘出落得這樣標緻，要不是爽然自小兒訂了親，這門親事倒眞不賴。」

趙雲濤呵呵笑起來，問道：「令郎多大歲數了？」

「二十九囉！」

「哦！那也該成家立室了。」

寧靜一隻食指摳著大理石桌面的石紋，心裏蠢蠢一動，瞟瞟他，這樣大的人了，笑得那麼不懂事。

林宏烈開始述說他這十餘年來的生涯。原來他在李家鋪子雖有祖傳的田產，但他生性浪蕩，不喜死守，早已有心發展自己的事業。恰巧妻子是上海人，外家在上海有門路，便在東北淪陷前一家逃到上海去。認識趙雲濤，是李茵蓉嫁到趙家時的事，其後趙雲濤到上海去了十二年，因此兩人間中有些往來，卻談不上什麼太深的交情。

林宏烈在上海和岳家合作做綢緞生意，一待十幾年，未免有點人老心倦，何況抗戰勝利了，少不得惦念家鄉，加上未來親家頻頻來信催請，最後索性放棄生意，回到撫順。鄉下的田地向有同族人料理，並不需他操心，他原來做的是蘇杭綢緞，南方的關係還在，而且到底老本行做起來心順手熟，便打算在撫順開一個綢緞莊，由兒子經管。

三四十年代的上海，不知富貴了多少商場戰士，林宏烈卻並非其中一個，他在岳家的綢緞生意中只佔了小股，憑他那點本錢，要在撫順另起爐灶，實在談何容易。他正在四處打聽另邀新股，也是天從人願，他的一個舊相識，是華僑，叫熊柏年的，適巧因事到撫順，讓林宏烈遇上。熊柏年在瀋陽上海都經營有中藥行，可謂資本雄厚，林宏烈覺得他還可信任，一動念間，慫恿他參股，對方當初並不熱衷，經林宏烈再三攛掇，方應允了，也是一番幫助朋友的意思。

熊柏年有中藥行需要照料，不欲爲綢緞莊分心，聘請外人又稍嫌冒險，他的一個侄兒自己有工作，大兒子在上海經營一間中藥行，剩下一個小兒子幫他。而這小兒子對中藥行本無甚興趣，剛好把他調到綢緞莊去，作個心腹。他小時候和爽然一淘玩過，合作起來大約沒問題，這般向林宏烈提出，他雖嫌這小兒子過於年輕，倒並不強烈反對，事情便定下了。

提及李茵蓉的亡故，眾人唏噓半晌，忽聽得踢踢鞋聲，一個女人尖聲叫道：「哪個戚兒呀？」

語音未絕，唐玉芝已扭得扭得出來了。寧靜微一皺眉，掉頭就走。林爽然趁這邊第二輪介紹，目光一路尾隨著她，只見她上了西廂外廊，彎腰拾起一本書，沒翻幾頁，大門上有人敲門，她去開了，迎進一個清清瘦瘦穿襯衫毛衣西褲的短髮女孩兒，和一個約莫兩歲的小孩子。兩個女孩兒唧唧咕咕欣賞寧靜的旗袍一番，邊講邊笑，往這裏指指劃劃。寧靜的緞子旗袍在陽光下銀燦銀燦的，一褶褶都是波光水影。

他眼看她們入了西廂客廳，疏疏地傳出些逗弄孩子的笑語聲逗哄聲，忽靜忽鬧。他聽著聽著，恍惚中覺得那邊是極樂，他這兒則世俗了。忽又聽得「嗆啷」一聲，大概碰跌了甚麼，小孩子「哇」一聲大哭，林爽然彷彿就能看見她們慌忙哄孩子的狼狽相，笑起來。

寧靜送了周薔走，已是暮合時分，晚飯設在正房偏廳，待眾人坐定，趙雲濤吩咐老媽子江媽白乾待客，於是都喝了點酒方起箸。趙雲濤與林宏烈只顧著聊，互相敬酒，幾乎沒怎麼吃。玉芝的兒子趙言善淨低著頭扒拉飯，玉芝給他一杵子，啐道：「豬崽子似的！」卻把一根筷子打到地上了。她不好意思地歪歪嘴，轉即笑口兮兮地反給林爽然添菜，爽然沒吃幾口，碗裏都是各色的菜疊在一起，不由得有點反胃，只見寧靜僅啖了兩口酒，腮頰就紅豔豔的，彷彿她的臉在哪兒停留過，那地方的空氣便都染上紅色，但她還是喝，呷一口挑點飯粒兒吃，倒使勁吃紅燒雞，都揀些雞膀子尖，啃得滿碟子骨頭，好像她吃得最多似的。

趙雲濤勸林宏烈在趙家住幾天再回撫順，林宏烈馬上答應了。打量著晚上到福康旅社把行李搬來。兩人又商議明天如何消遣，江媽在一旁笑道：

「老爺，明兒個天齊廟有廟會，您和林先生去湊湊熱鬧不是好？」

趙雲濤屈指算算，道：「是呀！明兒是陰曆四月十八……」說著躊躇起來，又道：「唉！俺們老天扒地的了，跟年輕人去擠來做甚？不如還到西門簾兒去。這麼著，小靜，明兒你就陪你表哥逛廟會去罷。」

寧靜低著頭不搭理，只是一陣臉燙，心中有氣，誰是他表妹來著？她媽媽才是他爸爸的表妹，她和他呀，不知隔個多少重，遠得很呢！

寧靜第二天大清早獨個兒溜去天齊廟，路上肚裏直笑，想自己又贏了一回。廟前各種小吃小玩藝相對著擺滿一條街，寧靜先慢步逛一圈，然後一攤攤挨著看，有綠豆丸子、碗托、涼粉、燜子、涼糕、風糕、筋餅、炸小蝦、火勺……一片市場盛景。她因怕把緞子旗袍弄髒，今兒換了藍布旗袍，雖是暖天，仍不時有點春末餘意，便加了件黑毛衣。

漸漸地人多起來，寧靜還未決定吃哪樣，負手又仔細逛一圈，太陽略略往上移，遍地投影皆縮小了。她這才挑一處餡餅烙得薄的，買一塊吃下。逛廟會的人一批批往裏湧，有到廟裏拜神還願的，有帶孩子來玩耍的。吵嚷間有丟孩子的、丟鞋子的、丟錢包的，百般的得失無憑。

寧靜老遠望見橫巷裏一堆紅氣球半空裏浮著，一時興起，往那方向走，卻是除氣球外，有賣塑膠癩蛤蟆和熊瞎子的；另外的貨攤，則賣頭繩、腳帶子、刮頭篦子、黃楊木梳等用品，待一一端詳過，她才發現紅紅綠綠的風車，有風一撩，都嗞嗞嗞嗞轉得勤快。寧靜心情一輕，再望望紅氣球，立刻魚與熊掌起來。這時她眼梢擦著了那麼一點影兒，教她不安，一抬眼，竟是林爽然笑著招她，那樣熱絡，好像多年不見的老朋友，一旦重逢，又四周人擠，不容一點兒隱私。

林爽然著一套灰色中山裝，兩手墜在褲口袋裏，側側歪歪地擠過人群，停在她面前不計前嫌似的道：「江媽要拜神，我隨她來的……怎麼？吃了東西沒？我可餓了，咱們那邊兒逛去。」當下不打話，和寧靜並著走，邊護著她邊還從從容容的，窄長的身板子不時碰著她撞著她，反而是她礙著他的路。寧靜有點心神不定，彷彿兩人都多稜多角的，便挪前一些，猛地有人拉她袖子，她一轉身，爽然遞給她一碗涼粉，她接了，他就呼嚕呼嚕吃起來。

他很快就吃完，放下碗道：「你等我一會兒。」然後朝他們來的方向去。寧靜先還撐著脖子找他的背影，終於消失了，只得繼續吃，才吃完就見爽然跑著回來，塞給她一只綠風車：「才剛兒你瞅得發愣，敢情是要的。」

她赧然笑著道謝，他陪著笑，先抿著唇，隨即劈里巴啦笑全了，一顆白牙一斛笑意。

兩人又隨處逛逛，到了特別擠的地方，她就把風車高高舉著，偶然覺得它在轉動，仰首瞇縫著眼瞧瞧，蔚藍的天襯著綠風車，是教她驚喜的。這時兩人都出了微汗，爽然逕自往賣冰銼的小攤去，捧給她一碗，晶亮的刨冰上澆上紅綠香蕉油，入口透涼，吃完總有一塊冰凍沉澱在胃底，到哪兒都得搬著它似的。

五月天氣，有點春末初夏的尷尬，許多人著了毛衣在淌汗的。寧靜耐不得，正要把毛衣脫了的當兒，發現風車沒在手裏，省起是吃冰銼時感到礙手擱在一旁的。心裏一急，回身就循原路去，及拿了回來，卻不見了爽然，往往返返尋了兩遍，依然影蹤全無。驀地前頭一陣騷動，逛廟會的人紛紛讓路，寧靜隙隙縫縫地鑽前去，原來是一個四十冒頭婦人，向著天齊廟一步一磕頭，左右兩人攙扶，多半是許了重願的，要從家門磕頭到廟裏。她待要重新找，不料爽然在對面人叢裏跳起來喚她，她舉起風車直搖，踮起腳尖看他，只見他兩手推撥著擠出來，那婦人正要經過他們，爽然打個頑皮眼色，一個衝步竟在婦人跪下磕頭那一刹那躍過她，直撲向寧靜，圍觀的人都笑起來，婦人仍舊虔誠地磕下去。寧靜白了爽然一眼。這樣野！爽然只是陰謀得逞的哈哈笑著。結果兩人笑足了一條街。

第二天一天爽然都不在，他原告訴寧靜要找那熊柏年談點事兒，晌午回來，一塊逛中街，可是如今整整一天了，她恨恨地想著，整整一天了。其實才認識，不知怎麼就牽牽念念的，多麼不甘！人家還不當回事兒。

她早上把風車插在院子的窗戶樞紐處，晚上風涼，幾片紙葉子忽刺刺地轉著，隨著風動風息，它便時續時停。晚飯後她在房裏，一直倚在窗旁看它亂轉。它就那樣不立命，一輩子風的奴才。一股大風，它更不得了的了。她一恨，把軸心上那口針拔了。沒有扶牢，它一滑滑到外面廊上去。

他昨兒是來哄她的，風風流流哄她一場，每個眼色每種舉動，都是他走到她面前來蠱惑她。她想想心灰，關了窗坐在炕上又呆半天。他買風車，不買氣球，讓她像風車般在他手裏轉，不似氣球的遠走高飛。他居然存心不良。約一頓飯，外面有人敲門，有人開門，有踏過天井的皮鞋聲，她可是不讓他再哄的，於是決定倒頭便睡，不久竟睡著了。

林爽然在房裏整理行裝，準備明天回撫順。房間在正房客廳右側，可以看到寧靜房間的窗戶。他見燈還亮著，必是房裏人沒睡，不知在幹甚麼。他也沒料到會和熊老闆及他兒子熊順生嘮嗑兒嘮這許久，誰叫對方興致好，又是自己的大股東，陪他們看完戲還得上館子吃醬肘子肉。然而不見得寧靜為此就會生氣。他自己是最討厭和華僑打交道的，偏偏父親選中熊柏年。爽然一壁收拾東西，一壁溜瞅著眼兒往那窗戶看，燐燐黃黃的一塊方格，填著一個女孩兒的等待吧。他憋不住，出來，上了西廂臺階，正欲跨過門檻，卻瞥見廊上那只風車，不禁陣腳踟躕，一時捉摸不著她的心理，只得罷了。

天亮時分，寧靜梳洗畢來至正房客廳。趙雲濤林宏烈林爽然江媽都在。林爽然專程睞睞她，說著沒說完的話：「……沒要緊的事兒，可是熊老闆這兩天才得空兒，只好陪他走一趟，您老和我爸爸多找點兒樂子吧！」

趙雲濤笑道：「好，好，有空兒來我這兒做客。」然後扭頭喊江媽提行李，林爽然必不肯，硬給搶了回來，趙雲濤又道：「小靜，你送送你表哥。」林爽然直推說別客氣，又是一場推讓。

林宏烈道：「讓他去吧！讓他去吧！那麼大了，怕丟了不成。」

林爽然脫了身，對寧靜笑道：「趙小姐，改天見。」

寧靜一雙水眼下意識地流避著，就是不落實，等落實了，爽然已經走遠了。

林宏烈在趙家多住五天才離開瀋陽回撫順，緊接著的一個月，林爽然通共來過幾次，都是來接洽事情，順道到趙家。有時候趙雲濤陪著聊一會兒，多半任他和寧靜愛怎麼就怎麼。兩人總在附近一帶或小河沿蹓躂，要不就站在院子裏說話兒。要是她講了什麼沾上了他未婚妻的邊兒，他便避而不談，漸漸地遂都不提了。

七月初，爽然爲了辦貨到杭州一行，回來時給趙家各人都帶了點兒手信，寧靜的是一把描花宮團扇，上面兩朵紅黃大牡丹，清揚貴氣。

綢緞莊開業後，林爽然來得愈發頻密，甚至一個星期兩三次，都說的是接洽公事。若碰巧周薔亦來串門子，三人便一塊兒去看電影逛小東門吃小吃。

這天林爽然仍到趙家，逕自到西廂。廊上一排攤著許多線裝書，略有些風，黃黃的扉頁簌簌自翻自揭，漫空一嗅，都是蒼蒼古意。爽然「咦」一聲，寧靜房裏笑笑地迎出來道：「今兒個天氣挺好，我閒著無聊，乾脆趕著入秋前再把媽媽的書曬一曬。」

寧靜桌上鋪好了升官圖，坐下列好棋子。「咱們今天不出去了，我得看著我這些書，要不小善又來作禍，玩升官圖可好？」

爽然亦坐下，兩人便擲著骰子下起來。其實這並非甚麼棋子，只是按照各人擲得的數目走，從「白丁」開始，誰先「榮歸」便誰贏。小孩子玩意兒，他們玩起來往往有一種無憂無慮之感。

寧靜邊下邊嘟噥著，擲出個六，遂拈起棋子點六步，展笑道：「喲，狀元及第了。」

「你先別得意。」爽然說著擲個十一，以爲這回高升，不幸一降降到進士。他大歎道：「冤呀冤，遭奸臣陷害了，看林某人報仇雪恨。」

她嗤地笑道：「騎驢看唱本——走著瞧。」

他們相對而坐，升官圖向著寧靜，變得爽然全都得倒著看，因此下得比較遲鈍。她察覺了。把圖調個向，讓它橫向放著，過後道：「「喏，兩下不佔便宜。」

她升到尚書，爽然還在知府員外那幾品官位打旋兒。

她道：「你沒手腕兒，揹個包袱回鄉耕田好了。」

「早著呢！」

果然她下一擲遽降，跌至探花。

他奸奸笑道：「驕兵必敗。」

他們愈下愈忙著挖苦對方，爽然一個勁兒地笑，偶爾睨睨她。她總盤弄著辮子，半垂著頭，正面看去彷彿一瓣白玉蘭花。

外面庭院裏夏日長長，陽光白白凝凝地壓在時間上頭，沒有人聲物語，只一些小影兒俟機移一移方位，悄悄地不驚動這世界，就算遠遠傳來的市囂，也是另一個時間裏的了。

廊上薄薄的書頁翻動聲，加上廳裏的骰子棋子聲，顯得分外沉靜。他無端想到，骰子管數目，數目管棋子，它們其實並不控制任何一樣東西。及瞟瞟眼前人，忽然惆悵起來。

這時唐玉芝買東西剛回，遠遠看見爽然。先支使二黑子把東西拿進去，擺腰擰肩地進來：「哎呀，林先生可眞是大忙人，怎的，又是來瀋陽談生意？」

爽然忙起身，自己都覺得好笑，便岔開去：「伯母哪兒去來？」

「沒甚麼，算計著過兩天要涼了，買點布料回來做衣裳。」

「伯母要布料也不知會一聲，我打撫順帶來給您不就得了。」

玉芝悔道：「對呀！嘖嘖，您瞧我有多背晦，壓根兒把你給忘了。林先生你也眞是的，也不到正房那邊嘮茶嘮嗑兒，來了就小靜這兒待，你來了一百遭我也沒見著你一遭兒，自然想你不起了。」

寧靜知道話裏有刺，忍不下去，駁道：「阿姨您這話可奇了，林先生來了您不是在午睡就是在別家打牌打到節骨眼兒上，人家就是到正房可也沒人招呼呀！」

玉芝眸子裏發怒，嘴上卻笑道：「哼哼，說得是，眞拿你沒法兒。林先生好坐，失陪了。」

爽然道：「不客氣。有合適的布料，我留著給您送來。」

「那我先謝了。」說完掉頭就走了。

寧靜瞪緊她，鼓腮道：「她這一張嘴，不是編派人就是扯老婆舌，唯恐天下不亂。」

爽然坐下道：「你何必牛（音謬）著她，待會兒見了面兒嘟嚕著臉兒，多沒勁兒。」

經這一場，兩人都心意倦倦的。太陽泛金了，她去把書收進來，爽然一旁幫著，一一疊好往裏搬，正把一部《紅樓夢》擱在上頭，卻見書頁間漏出一角白紙，不由得好奇心起，順手抽出，展了開來，上面寫著兩行小楷：「早知相思無憑據，不如嫁與富貴。髮斷一身人憔悴，不信郎薄倖，猶問君歸未。」

他詫笑道：「啥玩兒？」

寧靜看見了，渾身一震，嗖地奪過來。

他問道：「你寫的？」

她紅了臉，衝口道：「別胡扯。」

他仍然傻著臉不得要領地問：「甚麼嫁與富貴？富貴是人呀？」

寧靜囁嚅著說：「我不知道，練小楷隨便抄的。」

爽然遂不作聲，把其餘的書全搬進去，然後坐到臺階上，低著頭，垂著眼，一隻手支著太陽穴，好像在假寐，那個樣子，叫寧靜吃了好大一驚，從心裏抖出來。他懂得的，他是懂得的，但他故意裝蒜套她話兒，而他居然那麼惡劣。實際上那裏只有半闋詞，雖然她爲另一個人塡的，然而她又何妨說是爲他塡的，爲著一樣的相思，爲著一樣的薄倖，爲著他現在這個樣子，使她悟到他是懂得的。

她搖搖他的手肘：「表哥，晚了，你不用趕回撫順去嗎？」稱呼他表哥已經有些日子了，不輕易出口，可是一叫即撿到便宜似的高興，彷彿不費工夫便近了一程。

爽然走後，二黑子來喊她吃飯，飯桌上她也沒心思吃。豎著筷子癡癡地想整個下午的事。趙雲濤噹噹地敲一只碟子道：「小靜，你不是愛吃燒茄子嗎？」

寧靜便懶懶地筷子尖夾點蒜頭往口裏送。

玉芝因道：「小靜這孩子就是洋性（挑吃），動不動沒胃口的。」隨即轉向趙雲濤道：「我今兒可遇著那姓林的了。虧他是訂了親的人，黑家白日跑到姑娘家打花胡哨兒，也不想想人家閨女兒的名聲。小靜，你別怪我的話不中聽，那些做買賣的，哪個不是挺會巴結的？女孩兒家眼皮子淺，耳根子軟，架不住兩句討好話兒，就心肝兒都掏給人了。將來傳出去，說咱們家的大姑娘跟個有未婚妻的男人熱乎上了，你爹的臉往哪兒擱呀！」

寧靜冷冷地道：「我自己理會得，不勞阿姨操心。」

玉芝吃兩口燜土豆兒續道：「我是心疼你，明知討你的嫌，肚子裏有話不能不說。依我看吶，你倒是趁早跟你表哥遠著點兒，省得日後清不清渾不渾的。」

寧靜氣紅了臉道：「阿姨，咱們親戚裏道串個門子，礙著你什麼了，要你七三八四掰扯甚麼清啊渾的。你叫我遠著表哥，豈不是叫我遠著我娘的親戚，你安的是甚麼心？論到訂了親的事兒，也沒誰立了規矩說訂了親的人交不得朋友。」

「喲！說來說去，是我安了壞心眼兒了？你不想想你那表哥安的是甚麼心？啊！交朋友用得著狗顛屁股似的瀋陽撫順來回跑？撇開那個不談，就算你們倆兒清清白白的，你知道四鄉八鄰是個甚麼看法兒？」

「興許是阿姨有個甚麼看法兒罷。」

玉芝叭一聲擱下了筷子吼道：「不識好歹的丫頭，我好心好意勸你，你不領情倒罷了，倒跟我擺起臉子來了。雲濤，你倒評評這個理兒，我哪一句話說得不貼譜了？哪一句話不是爲了你們趙家？」

趙雲濤皺眉道：「小靜，你就少說兩句吧。」

寧靜早含了兩眶子淚水，一撤身回到房裏，並不如何哭，一顆一顆大大亮亮的淚珠兒往下掉，掉得乾了，趙雲濤撥簾進來道：「小靜，別瞧你阿姨賊拉大聲的，也有幾分歪理兒，你若不信服，當耳旁風就是了，別惱傷了身體才好，嗯？」如此說完便走了。

她額角抵著窗櫺佇立好半天，站累了，炕上一歪又睜著眼發呆，右手漠漠撫著額上的窗櫺印，不禁又淌下淚來。外面的燈光陸續都熄了，她試著睡，不成功，突然對這黑暗很不習慣，很陌生，好像它是她的噩夢，故意溜出她的腦袋魘她的。她一骨碌坐起，呆一呆，摸黑收拾了一個柳條包，欲要馬上趕末班火車下撫順，又擔心夜裏找不著牛車載她回三家子，便盤算著明兒起個早，瞞著眾人去。

趙家向來入秋下鄉，但玉芝過不慣鄉居生活，扶了正後，儼然令出如山，趙雲濤亦奈何不了她，於是自去年始便沒去過。

寧靜次日果然獨個兒下鄉了。到達撫順，她一雙腳落了地，眞是難言的放心，彷彿每踩一步都感到爽然的心跳。在某一所房子裏，他或在睡覺，或在漱口洗臉，而她和他踏在同一個市內。他們終於是在一起了。然而她仍得到三家子去。趙雲濤在撫順東九條原有房子，不過她一時卻不願與爽然太近。因前一晚沒睡好，她坐在牛車上頭彀兒一頓一頓地只管打瞌睡，離開撫順煤煙嗆嗆的空氣愈來愈遠了。

三家子的傭人通常都是半休養狀態，而且天高皇帝遠，跟自由身沒兩樣，算得是肥缺。李茵蓉死後，服侍她的永慶嫂就請求到三家子來，另外和管家阿瑞阿瑞嫂夫婦照料一切。廚子祥中是去年已調到瀋陽去的。

寧靜獨至，傭人們除了感到奇怪外，並不如何議論，他們向日是明白這小姐的脾性兒的。寧靜素昔不慣晏起，都是曉色泛窗便醒的。用過早飯，總到後面河套散散步。接近八月節，天候更涼了，她多穿襯衫長褲，外披毛衣，到附近田裏看張爾珍。她和爾珍以前有過心病，但如今當不復提了。爾珍原在瀋陽念書，中學畢業後，便回到三家子來，農忙季節亦下田幫忙收割。

這天寧靜到田裏找爾珍，只覺得一片秋氣新爽，觸眉觸目皆是金風金鬧。她捧著一包魚皮花生津津地吃，喀嗤一咬，很戲劇化的一響，十分誇張，似乎多遠都能聽到，她一面爲這種誇張開朗起來。

田裏的人都戴頂草帽彎腰屈膝的，無法辨出哪個是爾珍。還是爾珍先喊她，扭頭跟一個老頭兒招呼一聲，然後快步邁近。爾珍曬黑了，樣子較前更結實成熟。寧靜請她吃花生，她手髒，寧靜便一粒粒拋進她口中。兩人尋個所在席地坐了，不著邊地瞎白話，有時寧靜只顧著自己吃，爾珍腳尖踢踢她，才又給爾珍。

「你和程立海怎樣了？」程立海是爾珍同學，和她相好了有一陣子了，目今在長春做工。

爾珍見問，托腮道：「沒咋的呀！」

「甚麼時候辦喜事兒？」「喀嗤」又一粒魚皮花生。

爾珍咧咧嘴笑道：「八字沒一撇兒——沒影兒的事。」

正說笑著，一輛馬車得得達達地蹌蹌而來，車伙兒長「吁」一聲勒住了馬，塵臉塵腔地向她們嚷道：「喂，大姑娘，借問一聲，姚溝該擱哪兒走？」

爾珍跑上前去教他。這情景於寧靜異常熟悉，她怔怔地夢裏夢外起來。

這是客座馬車，挺光鮮，猜是有錢人家養的。車上坐著一個西裝筆挺的年輕人，頭髮抿得烏油油的，但經這長途，有些章法大亂。他望望寧靜，還不曾怎麼樣，便問完路了。

爾珍回來滔滔地說：「走錯了村子了，這一耽擱怕要過午才到得。哎，車上那個人——怪利索的，身旁擱著醫藥箱，說不定是市裏的大夫，架著金絲腿兒眼鏡的！」

寧靜不答腔，爾珍接問：「你說的那個表哥，可也那個樣子？」

寧靜下巴吊吊，扁扁嘴，似乎認爲她多餘，笑道：「體面多了。」

「眞的，有機會讓我見見。」

「有機會的。」

寧靜回家，一日無事，次晨睡醒，她且不起身，躺著看外面的鴿子刮刺刮刺地飛，翅上晨曦漾漾，大約時間尙早。

有人叩門，她黏聲問道：「誰？」

永慶嫂在門外道：「小姐，有人來找你，說是你表哥，廳裏等著。」

寧靜忙掀被道：「來了。」這個野人！一大清早的。

她馬馬虎虎梳洗換衣，到得正房客廳，不見有人，心中納罕，不覺站到門邊兒四下張望，不防爽然打斜裏冒出來，欠著身子，一手高撐門框，一手叉腰，嘻嘻盯著她笑。她駭了一跳，怔怔地仰望他，他那樣的姿勢，像是隨時要壓下來，非壓得她喘不過氣不可。她發覺他一直在凝視她的眼睛，心裏卜通卜通地跳，使她幾乎立不穩。正值永慶嫂奉上茶來，兩人始如夢方醒。

爽然廳裏颼地一坐，二郎腿一蹺道：「好意思，自己偷偷溜來了，想躲我。」

寧靜捲著辮子做鬼臉道：「誰躲你來著……」

「和趙伯母賭氣了？」

她跌坐下來哼道：「窮人乍富，挺腰凸肚——不過也不全是因爲那個，人家喜歡住這兒就是了。」

「這樣倒好，不怕你阿姨爲難我。」

她眄他一眼問：「你怎麼知道的？」

「我給你阿姨送布料去才知道的，他們說你在這兒。」

「哼，也不派人來打聽，不怕我死去。」
「唉，傻丫頭，早打聽過了，你正在氣頭上，難道還正門進出討釘子碰不成。」
寧靜「噗嗤」地笑出來，小心眼兒地問：「你甚麼時候給我阿姨送布料去的？」
爽然翻翻眼，抓抓腦袋瓜兒答道：「大前天。」
她心緒一沉。隔了兩天，隔了兩天才來看她，那麼他待她到底有限。
他突然趴到桌上手肘支抬說：「嗨，聽你爸爸說他撫順市也有房子，怎麼不到那兒住去？」
「這兒不好嗎？清靜！」
「過年過節就成了冷清了。」
「你少擔心，我有朋友在這兒。」
他無奈，轉過身來腳一蹬，坐到桌子上。背對她說：「去去去，住到撫順去。」
寧靜只看見他的頭髮讓他甩得微微彈起，非常任性，竟又叫她不安。
他兩掌按桌一旋，面對著她，一邊用腳踹她的椅子：「去去，這旮旯兒像啥，幾棵破樹幾條破河，稀罕它甚麼？」說著仍踹她的椅子。

「你別窮折騰好不好？」寧靜嗔怪道。

他住了動作，她不等他反應，趨吉避凶地說：「俺們找爾珍去，她說過要見你的。」

爽然每過個把天兒必來看她，不是遊說她搬到市裏去，就是要接她到他家裏過八月節。寧靜無論如何不肯，騙他說八月節她答應在爾珍家過，實際上她爾珍那邊亦推了。

他每來都行色匆匆，好像這兒是他養的小公館，生怕東窗事發，所以未敢久留。當然爽然得空兒時總多耽耽，可是寧靜不明原委的老覺得萬般委屈：他，那個野人，在她生命中這樣名分不確，心意難測；然而如今她魂魂魄魄皆附到他身上似的。她尤其不願見他的家人。不願見他在人群中的風采怡然。單單他們兩人的時候，他是她的，至少她是他的；他一入世，就變得遠不可及。

中秋前夕，爽然因寧靜堅持不一塊兒過節，陪了她一整天。將近黃昏，他們正房臺階上鋪張《撫順日報》，吃著他買來的葡萄。他提著一嘟嚕，一口一個嘴裏扔，連皮帶核地吐出來，她則把皮一瓣一瓣慢慢地剝，剝乾淨了才吃，吃完又指縫間的葡萄汁細細舔。

她要他講他在上海的事，他沒好心地敷衍兩句：「啥也沒，念書，念完書學做買賣……倒不如你講你僞滿時的事兒。」

她心裏一擂，別過頭去不搭理，他以爲她以牙還牙，只得罷了。

她想到明兒爽然就快快活活地與家人過節，丟下她一個人孤孤伶伶的，偏偏是自己跟自己過不去，怨不了誰，竟是不大懂得自己。

爽然忽然道：「其實你不來倒好。」

她反應過敏地問：「爲甚麼？」

他不能告訴她由於他瀋陽撫順行蹤飄忽地跑，已引起那邊閒話喧天，她倘或去了，說不定會受屈。他吃一枚葡萄，連皮帶核吐出來，把各事腦裏過一過道：「有啥好去的，我又不能單獨陪你，我寧可自己來看你。」

她抿嘴一笑，鼻子酸酸的。她不是他人群中的人，在他的人世上，她是沒有立足之地的。

這時滿地秋風黃葉在打滾，臺階擋住了上不來。強風一扯，樹上老葉都嫁風娶塵各自隨緣去了。兩人看得心中悽惻惻的，都說不出話來。

爽然撐膝起身，舒一口大氣：「我過四五天再來，熊老闆到撫順我得招待招待。」寧靜心不在焉地說：「看你衣服多埋汰，撲摟撲摟的。」

他渾身撲撲又道：「聽見了沒有？過幾天再來。」

「你來不來干我啥事兒。」

爽然聽了非常不受用，走過天井時，空氣有點僵僵的，他們互相猜疑起來。

中秋節晚上，天沒黑齊寧靜就窩到炕上，用棉被把自己密密蓋嚴，張大眼睛看月出。永慶嫂喊她吃飯，她說有月餅，不吃了。月餅是爾珍上午送來的，擱在臺上。她最愛吃自來白，翻身看看有沒，卻全是別的樣式。她懶懶地蜷在被裏，聆聽著外面孩子們追逐戲耍的噪吵聲，好像有一隊與月亮同時出沒的魑魅魍魎，吱吱喳喳地在講鬼話。

她仍住在西廂，因此月亮一升她便感到它的玉玉寒意。月光浸得她一炕一被的波光，她應付不及，一頭埋進被窩裏，哭起來，忽然真的覺得很冷清，冷得要抖，而這長長一夜是永遠都不會有盡頭的。哭著哭著，不知怎麼極想到撫順去。眞的，到撫順去，和他近近的，在人群中看他，看他在人群中的嬉笑怒罵，試試他們是不是眞的不相干。

她揩乾了淚，興奮起來，挑一塊提漿月餅吃下。

中秋過後，寧靜對這念頭一直惦惦不忘，徘徊一陣，又衝動一陣，終於在第四天下了決定。因爲撫順那邊的老媽子及管家她不熟稔，亦不瞭解她的起居習慣，唯有把永慶嫂帶著，同時有人到瀋陽告訴趙雲濤。

撫順市的東七條至東十條，屬於高尙住宅區，全是日本式房子，趙家的位於東九條，絳瓦紅牆，四面圍著修平了的榆樹，通向正門的小徑兩旁植了夜來香、唧唧草、茉莉花等各色灌木，正門進去是玄關，上兩級臺階有一扇嵌花玻璃門，然後是一條寬廊，右手兩間睡房，左手一間睡房，另一間客廳餐廳併著，再裏面是廚房廁所，出去便是後院，種了幾畦蔬菜。

寧靜是上午十點多到的，管家老劉緊張得甚麼相似，連忙打掃地方。寧靜叫他慢慢來，玄關處脫了鞋，光著腳丫各處瞧瞧，這地方她小時候住過，還有榻榻米的，現在都揭去了。她指定住右方向著院子的房間，老劉便去置辦一應用品。永慶嫂替她拿來一雙鞋躡邋，她趿了，心念一轉，又出來，吩咐永慶嫂替她雇三輪車。

她進房裏換上一襲淺藍底描花薄棉袍，套黑毛衣，攬鏡照照，理理衣髮，永慶嫂即來報說車已雇好了。

她記得爽然提過他的綢緞莊在歡樂園，叫旗勝綢緞莊的，掛屏上註明蘇杭綢緞。一路上，她緊張得胃裏發空，此去是要給爽然一個大驚喜了，她到底聽他話來了，他呢？他仍是孩子氣的一口白牙不可收拾地笑著瞅她嗎？不知道那個熊柏年走了沒有？可不要碰巧爽然下三家子去了。

旗勝綢緞莊的橫匾一入眼，她便喊停付錢。她希望自己走過去。歡樂園是旺區，人比較多，來來往往的打綢緞莊門口經過，她每一步心一搐，看著那橫橫豎豎的布匹和不時擋她視線的行人，有點縹緲之感。任何可能發生的情形她都設想過了，但依舊不免爲即將面臨的命運心怯著。

其實還未走得太近她已看見店鋪角落裏的爽然，著棕色薄呢西裝，黑窄領帶，正兩手墜墜地插在褲口袋裏和一個女孩兒笑聊著。女孩兒披過肩長髮，飾粉紅蝴蝶花夾，穿一件粉紅薄絨洋衫，小圓領、束腰、下襬斜大，腳上是刷白的高跟鞋。她個子本就高，這一來幾及爽然的眉額。因爲身子一直是側著的，臉龐看不大清楚。寧靜在門口愣了半晌，決定不了如何是好，一個店員過來道：「小姐，裏邊兒看。」爽然聞聲盼來，見是她，「咦」一聲，詫笑不已，兩手伸出褲袋迎來，一頭一臉的詫笑瀉得她滿襟都是。因爲店外和店裏有一級之差，爽然高踞級上，她昂首望他，覺得他搖搖欲墜的又要隨時壓下來。

他笑問：「偷偷溜來了？」

她道：「甚麼溜來溜去的，我可是揹行李挑籮筐搬來的。」

「眞的，」他開心道：「來，我給你介紹。」

寧靜進去，看清那女孩，竟是濃麗，大眼大鼻子大嘴巴，這樣大法兒，好像可以容納許多表情言語，又可讓它們氾濫。寧靜第一個印象，覺得她比自己長得美。

爽然道：「她是陳素雲……這是我表妹趙寧靜。」

素雲熱烈地道：「喲，就是她，怪道呢，你那樣著急地……」

爽然搶著說：「甚麼時候到的？」

「前天。」寧靜答。

素雲道：「那次爽然送布料到你家，知道你回三家子，急得什麼相似，當天就要連夜去，還是我說他別漆黑的摸人家門口，他才改了第二天的。」

寧靜也不知道她講這番話用意何在，瞟瞟爽然，他無事人般地笑著，問她：「你是住在東九條不？」

她點點頭。

素雲提議道：「俺們一塊兒吃中飯好了。」

寧靜咬咬下唇：「不了，說過回去吃的。」

「沒事兒，回去告訴一聲得了。」

寧靜無助地望望爽然，意意思思的始終不願，便道：「不了，改天的，還是你們去吧，我先走了。」過後出店門走了。

素雲不解地聳聳肩，爽然亦聳聳肩：「她的性情是有點兒拐孤。」解釋似的，微不放心，又道：「我再留她一下。」便追了出去。

只見她瘦伶伶慢騰騰地挨店磨，是熙攘中的一點悠閒，爽然攆上去不言不語，和她並肩走。

「你未婚妻？」她先開口了。

他鼻孔裏「嗯」一聲，俯首垂眉地光是走，走得慢。

「我今天才記得……你回去吧，我自己雇車回家。」她把辮子捻著捏著，久久不自覺。兩人面對面站在街上，秋風在人堆中擠擠迫迫地竄，吹得人衫袖不禁涼。

爽然道：「我晚上找你。」

「你不知道地方。」

「知道的，去了就知道了。」說畢掉首回綢緞莊去了。

寧靜吃過晚飯後半躺在窗臺上等。這種窗戶有兩層玻璃，被很寬的窗臺隔著，夏季天熱上頭可以睡覺。爽然該從東面拐來，那麼她可以高聲截他。這次來了，實在不知道後悔抑或不後悔。以往那樣子，爽然雖是兩面做人，但對付著都過關了。現在他腹背遇險，怎辦？她是他正面的人，還是背後的人？

不一會子，爽然果眞從東面拐來了，騎著自行車，像才從月亮裏下凡來的，她又招呼又高呼，他直把車子駛進院子，大門處泊妥當了，踏著夜露潤潤的青草到她窗前。寧靜叫他開門進屋，他說不了，省得騷擾別人，便斜靠著牆打量她。起初都話匣子空空的，各自想心事，她怕這般下去會哭，遂問他陳素雲的事。陳素雲的父親是工程師，家境不錯，有一個哥哥僞滿時期讓日本鬼子害死了。她與爽然訂親時十四歲，算起來，現年足二十九歲了。爽然並不怎麼認眞答她，她問的隨便應付兩句，最後道：「咱們不談她，哪來的這麼大的興趣，我載你繞一圈兒，好不好？」

寧靜應允，就打窗戶裏出來。爽然扶車待她坐穩了，技巧純熟地上車蹬踏板，出院子順著大馬路輪聲軋軋地騎，她坐不慣，常滑下來，凡有動靜他便高聲道：「坐穩了。」她於是竭力坐得穩穩的。夜街上簡直無人，一地月光燈光朦朦夢夢的像溪溪潤潤，秋風清澈如水，她抬頭望望月亮，圓圓皓皓的正營營追著他們。爽然的西裝衣襬老向後拍拍她，她心一緊，覺得隨時鼻子吸吸可以嗅到爽然的味道，後來果眞做了，嗅到了，貼心貼肺的熟悉，心裏絞絞地緊張起來，只見他長長的身板子高高地前俯著，前路她不必擔憂，因爲有這男孩一生一世地帶她走下去，總帶她去美麗的地方，總有美麗的地方可去。她忽然很想披髮讓這風把它們一絲絲都浸過沁過，便單手把兩邊的頭繩都解了，頭髮紛紛的垂到脊後，風勁時舞。可是她這一動，坐歪了位置，爽然覺察了，停車回頭，不覺整個愣掉。此刻風依然不歇，一大片飄飄翻翻的黑髮，托著寧靜白白尖尖的臉，神色薄薄浮浮的，是月的倒影。

他暗暗震動，感到一陣險如臨淵的心蕩神馳。她臉一熱，低了頭。爽然自知失態，微窘道：「冷不冷？」她搖搖頭。他小心地攙起車，驀然對寧靜生了一種不敢之情，沒再叫她上座，逕自往回走。她後面跟著。兩條人影在地上你遮我擋，彷彿醺醺醉歸似的。

撫順由渾河分界，分為河北河南，河上建有一條橋，沒有命名。爽然住在河北，每天早上騎自行車到河南的綢緞莊，如今多了一重事兒——先到東九條。有時候當窗和她聊聊，有時候載她繞一繞，一繞繞上好半天。晚上也來，隔著院子遙遙一呼，她應聲而來，或與他走一段夜路，或坐在正門臺階上嘎嗒牙兒。入了冬，便遷移陣地到屋裏暖暖氣。寧靜本有些忌諱，但經不起爽然成日沒頭沒腦地來撩舌，想他這樣不顧一切，她若是閃縮，豈不輸他，便也坦然，只是奇怪這麼久沒碰見陳素雲。疑心既起，整樁事便莫測高深起來。

這一段日子，趙家有送寒衣來的，有催她回去的；她送的東西都留下，催的人都攆走，一心一意等爽然騎車來，響烈地撣一撣車座，眼神一抛，紳士派地一伸手，示意她上座，然後扶著她騎。她笨，幾百次都沒長進，不過可能不是笨，是爽然太不敢讓她摔，結果愈騎愈嬌生慣養。

再見陳素雲，是剛落過雪的早晨，她和永慶嫂到歡樂園買東西，心想她出了門，爽然今早十成撲個空，旗勝綢緞莊橫豎就在附近，雖然他表示過不願意她去，但順路到那兒看看，給他一個小驚喜，想必無妨。然而快到門口時陳素雲從裏面出來，身畔一個怒容滿面的半老婦人，嘴裏咕咕唧唧嘮叨著，陳素雲一抹抹地緊拭淚，哭得很厲害，這情形下，寧靜不好意思上前去，待她們走了方進店內。

爽然在後面賬房裏，托腮握筆不知亂畫些甚麼，她躡到他背後偷瞧瞧，只來得及看清楚「你知不知道」幾個字他即發覺了，唰一聲把那張紙捏作一團扔進火盆子裏燒燬。

她跺腳道：「寫甚麼見不得人的東西，要毀屍滅跡的？」

他答非所問地道：「怎麼來了？」

「甚麼知不知道的？那個『你』是誰？」

他手一甩：「沒事兒，瞎扯！」
「給誰扯？」
他不接口，枕著頭椅背上一靠。她亦不問了。踱至火盆子前悶悶地凝視炭火，他反倒忐忑起來，走到她身後道：「好了好了，是寫給你的，給趙家小姐——趙——寧——靜的。」
她嗤地笑了，問：「寫甚麼？」
「你知不知道，我今早找不著你，很焦急。」
她情知不是實話，仍假裝嗔道：「甚麼大不了的話不和我說，自己躲著瞎塗。」
他扁扁嘴微笑一笑。
她續道：「陳素雲常來？我剛才碰見她，哭哭啼啼的，你欺負她了？」
「她跟你講啥了？」他急問。
「她說你欺負她唄。」
「還有呢？」
寧靜笑指他道：「看你急的，咱們啥也沒講，她沒見到我呢！」

他兩手插進褲袋裏瞄瞄她道：「糟了糟了，學壞了。」
她道：「我回去了，永慶嫂外頭等著呢！」
他橫手一攔，順勢到外面轉一轉，回來道：「行了，打發走了。」
她坐到辦公桌上，點點他胸膛：「我就是壞，都跟你學的。」
爽然知道她有疑惑未解，有話未說，握住她的手指弦外之音地道：「你學得有多足，我還有更厲害的。」

寧靜記得清清楚楚那天是十二月三日，下著霏霏雪。她開暖氣睡覺，兩層窗戶都關嚴，但外面那扇並未落栓，爲方便爽然叫她的，那多半是一大清早，換了平常，他定定正門直闖擄人似的把她劫出去。就是那天，她一起床拉開窗簾，發現一只雞蛋好端端地立在窗臺上，各處張張毫無收穫，冷不防爽然氈帽短襖大熊似的彈出來，她嚇得半死，氣得搥了那窗好幾下。爽然白牙勝雪的光是笑，手勢亂亂的指指她又要她出來，她忙更衣梳洗；出得來，爽然把蛋剝了她吃，她問：「咋的啦？」他嘻嘻笑個不答，一面蹲下來把雞蛋殼兒埋了。她亦蹲下來，滿口蛋黃的捅捅他道：「啥事兒？你生日？」

他乾脆坐下來，兩手攏撥著堆小雪山，笑道：「我今兒溜號。」

「到底啥事兒？」

他仍不答，寧靜沒有追問的習慣，也自由他，吃著雞蛋看他砌雪山，又側過頭來望望他，發覺他的鬢髮竟長至很低，鬢上一顆黑痣，她忍不住手指刮刮它，愈刮愈手重，爽然「喲」一聲捂著那兒：「別手欠！」

她頑皮地伸伸舌頭。他抓住她的腳踝猛地一揪，寧靜慘叫一聲仰跌在地，幸而衣服厚並不怎麼痛，但還是臉紅紅的笑著氣他。他站起身，撥撥衣上雪，一把拉她起來，說帶她出去玩，她本來披著斗篷，因騎自行車不方便，只得進去換件短襖，順便把方才倉猝梳成的頭髮理一理。

午飯是在小洞天餃子館吃的，天氣十分冷，漫天撒著雪片。寧靜最愛吃素餡的，爽然給她叫了二十個，另外二十個三鮮餃子。

她幾乎每五個餃子就得半碗醋，添了又添，把人家一整瓶醋吃去大半。他逗她道：「你這麼能吃醋呢！」

她「啡」一聲咬一口大蒜，投他一眼，繼續吃。爽然吃得不挺專心，看著她一只又一只地夾，把漏出的餡兒扒拉完，「咔」一口大蒜。他向店夥計要了點白酒，端著杯慢慢喝，寧靜陪著喝一點兒，看著他，笑一笑，覺得很快樂，一身的輕，像外面漫天的雪，落遍他衣上。

吃完他說帶她到一個地方去，寧靜雖欲知道是甚麼地方，但終究把好奇心給壓住了。她吃了不少大蒜，爽然一邊順風騎車，一邊就聞到強烈的大蒜味兒一股股地湧來，又刺激又挑釁，不禁心神蕩蕩的。騎過橋時，爽然停下休息。兩人倚著欄杆，下面是結了冰的渾河，許多小孩在冰上橫衝直撞地溜冰，初學的動不動便「吧嗒」一聲栽倒。

他問道：「會溜冰不？」

「會，以前在三家子常溜，你呢？」

「溜得不好。」

走了一截子，她調過身子面向他，變得一步步往後退，右手輕拍著欄杆道：「我覺得沒有名字的東西，好比這條橋，好像沒有負擔，可以不負責任似的。」

「那我寧可沒有名字。」爽然道。
「爲甚麼？」
「那麼有些責任，我就可以不必負。」
「比如呢？」
「訂了親。」這句話他是極低聲說的，僅僅啓了啓嘴唇。寧靜聽不到，猜著了，依舊調回身子走，沒兩步緊緊棉袍小跳兩下子，爽然知道她冷，遂道：「上車吧！」
這回他騎得較快，寒風虎虎地打耳旁削過。她頂著大風嚷道：「我知道那地方是你家。」她喜歡大風裏這樣跟他高聲講話，彷彿活得特別有勁頭。
河北地區還不曾發展，有一半是農田村舍，其餘多是民房。爽然載她拐過幾個街口便到家。房子的格式和她在瀋陽的四合宅院差不多，是林家未到上海時已住下的，丟空了十數年，回來整修過才又住下。
是爽然母親應的門，一望而知是上海人，白皙臉皮，富富泰泰，腦後綰個髻，臉型顯得更柔潤豐盈。她繫著圍裙，仍有些十里洋場的風情，寧靜也摸不著自己是先入爲主，抑或憑直覺。爽然和他的母親東北上海話混雜地嘀咕幾句，她覺得異樣，好像他換了另一種方言，就換了另一個人似的。與爽然在一起，她第一次有失落之感。只聽得林太太笑著道：「是呀？」然後熱情地握著她的手道：「喲，怪可憐見兒的。到撫順這麼久，也不早點兒來玩玩。」寧靜客氣兩句。眾人踏雪來至正房客廳，帶上廳門，林太太在火爐裏加幾塊煤塊兒，爽然問：「爸爸呢？」

她回道：「出去了，待會兒就能回來。你陪陪小靜，我把晚飯的東西準備好。」「這麼著，我和小靜外頭蹓躂蹓躂，省得乾等著。」

平常爽然很少直接喚她，如今在他母親面前這樣喊她，寧靜聽在心裏，很是親切。

林太太卻蹙眉道：「嗳，甭去了，大冷天的，屋子裏多暖和，而且素雲說好來的呢。」

爽然道：「沒事兒，打個轉兒就回來。」

屋子裏暖烘烘的，寧靜也懶得動彈，既然爽然堅持，唯有依他。回來時林宏烈正在廳裏看報紙，見到寧靜，隨便和她敘敘寒溫，探問趙雲濤的近況，便向爽然道：

「你沒請順生來？」

「他不幹。」

林宏烈不懌道：「睡不肯在這兒睡，要在店裏睡；現在連在這兒吃頓兒飯也不肯。讓熊柏年知道了，倒以爲俺們虧待他兒子。」

「年輕人在長輩面前總是顯得拘束，那也是常情。我卻嫌他賊懶賊懶的，一天到晚老溜號兒，聽說還是窯子裏的熟客。賬簿讓他管，我眞有點兒不放心。」

「唉！你就一眼兒睜一眼兒閉的，將就點兒，要不是他父親，這爿綢緞莊還是沒影兒的事兒呢。」

爽然悻悻地道：「哼，我可不管，看不慣就罵，那兔崽子，不知好歹！」

林宏烈直起身子瞠目道：「你們關係不大好，是不是？」

爽然不吱聲，林宏烈又道：「你別忘了，俺們家可是靠這爿店吃飯的。人家熊柏年大富大貴，答應投資是湊湊興兒，旗勝垮了就拉倒，一根汗毛都傷不了。」

爽然不耐道：「哎，俺們別談這個，悶壞小靜了，啊？」

寧靜笑一笑，廳裏頓時沉寂下來，外面的風雪聲響遍廊院。

寧靜褪下手悶子想，偌大的屋子住著一家三口，未免冷清。問起爽然，他告訴她原與族裏的親戚一塊兒住，後來陸續搬出去了，講著的當兒，陳素雲來了，簡直盛裝出場，眉眼唇頰都化了妝，穿閃黑狐狸皮大衣，紫色毛褲，腳上一雙牛皮翻毛短靴。脫掉大衣始見裏面的淺紫套頭毛衣，玫瑰紫繡花短襖。她遞給爽然一個嫣紅紙包裝的小盒子道：「生日快樂！」

寧靜瞪瞪他。他連這都要瞞她。

爽然接過禮物道聲謝，當面拆了，是一對鍍金橢圓形袖口針。恰巧林太太迎出來，湊著頭鑒賞一會兒，讚歎道「呀！精緻極了！素雲你眞是的，人來了就行了，還給他禮物。」

她笑道：「小意思罷了，爽然生日，每年難得一次。」

爽然抓著她的語病，打趣道：「哪個人不是每年一次，難道你還好幾次不成？」

大家都笑了。

寧靜因爲自己沒送禮物，心裏過不去，暗怨方才沒有逼他認。爽然瞞著她，他父母自然不知情，一定以爲她小器不懂世面。於是有點怏怏的。

素雲對爽然道：「你沒去綢緞莊？我才剛兒去找你來呢，想著一道來。」

爽然淡淡地道：「是嗎？」

林家夫婦都假裝沒注意，不接腔。林太太回廚房裏幹活兒，林宏烈問素雲許多話，齜牙咧嘴地和她說笑。寧靜想他對她冷眉冷目的，對素雲熱嘴熱舌的，算是表明態度了，心情又沉一沉。爽然使勁逗她講話，她也半答不理兒的。

不一會子，素雲起身道：「我到裏邊兒幫幫伯母。」

林宏烈道：「不用不用，她一個人弄妥當了，弄髒了你這一身衣服可划不來。」

「沒事兒，我也不過端端盤子洗洗東西罷了，幹不了甚麼。」說著進去了。

寧靜簡直坐不住。自己來了這麼些時候，一點兒沒想到要幫忙。她看看爽然，怕他已經討厭她對她失望，可是他照樣挺興頭和她亂扯，她沒聽進去，覺得她果然不是他人群中的人。人群中，她只認得他一個，然而她是失落的。這一來她灰心得不得了，更鬱鬱懶懶的了。

晚飯時候，林太太提著火鍋從裏面嚷出來：「來嘍來嘍，酸菜火鍋喲！」

廳裏馬上一陣動亂，林太太把火鍋擱在桌子正中，煙囪直冒著嗆人的白煙，不時有妖妖的火舌吐吐呑呑。素雲把切好的酸菜肉片分幾次端出來，起碼十多只盤子，擺滿一桌。爽然找張報紙風口處搧搧，林太太道：「不用了不用了，這火我生得旺，你倒是把花雕拿來暖上一壺。」

寧靜這半晌不自在地杵在一旁，留神避免礙著他們，四肢廢了般，此時進去幫忙端菜嘛，倒像是撿現成似的。

爽然把花雕擱在火爐上熱，一切也就齊全了。他硬要挨著寧靜坐，林宏烈硬要他挨著素雲坐，結局是爽然夾在兩個女孩子中間。

林太太笑道：「爽然早就跟我說生日那天得請甚麼人，弄甚麼東西，可緊張了。」

爽然眼睛射射寧靜，她把嘴唇彎成一線，取笑的意思。他給她夾了一筷子牛肉粉絲兒，倒了一大碗醋。林太太補償似的給素雲涮幾塊山雞肉，夾給她道：「你嘗嘗，甜是不甜？」素雲讚好，林太太又道：「你過年再來，該有黃猄肉了。」

寧靜吃得沒心沒意的，大碗醋拌辣油，都沒怎麼動過。爽然使勁給她夾，她抽冷子又夾回給他，幾次他都沒發覺，待發覺了，問她怎麼了，她說中午吃得飽。

隔著白煙看素雲，只見她紫霧霧的在那端，與這環境不協調的眉線胭脂唇膏，在燈光下不乏迷人之處。只見她涮著酸菜道：「伯母你這鍋兒不是紫銅的吧，我家的那個紫銅鍋，酸菜放進湯裏會變綠的，好看極了。」

林太太道：「哦，那俺們家也有，可是那得坐在小板凳上吃，招待客人恐怕不大好。」接著向爽然道：「你的酒要燒乾囉！」

爽然趕緊取了來，各人倒一杯。林太太進去鉗來兩塊黑炭塞到煙囪裏，另外鍋裏添點湯頭。

寧靜愛喝花雕，兼且甚麼都吃不下，喝得較急，把一張臉灌得通紅通紅。爽然湊過去道：「你像關公。」她難爲情地撫撫臉頰，素雲道：「你這樣子很好看。」寧靜靦腆一笑，手還留在臉頰上。

林太太忽然想起甚麼地道：「喲，你們倆兒都沒穿罩衫兒，把棉襖弄埋汰了可怎整？我給你們拿來兩件好了。」

寧靜和素雲來不及攔阻，林太太已經不見了，回來時手上搭著兩件罩衫。寧靜因爲不打算再吃，終究沒穿，倒是素雲套上了。

寧靜辛辛苦苦熬完這一頓，飯後坐片刻便告辭。素雲亦起身說要走。林宏烈道：「這麼著，素雲你多坐坐，爽然送完小靜再回來送你。」

素雲道：「不必了，這多麻煩，我雇輛車自己回去行了。」

林宏烈道：「不行，這麼晚了，讓爽然送一送吧！」

爽然提議道：「這樣吧，我和小靜一塊兒先送素雲，然後我再送小靜。」說畢雇車去了。

素雲坐上三輪車後，爽然騎自行車載著寧靜，跟在三輪車旁邊。素雲住在新撫順，有好長一段路程。沒有人說話，只有輪聲軋軋。撫順煤煙多，白雪都透灰透灰的，夜裏卻不大覺得，月亮大大白白的照在上頭，一條夜街光光敞敞，卻是個無事的世界。

到素雲家，她發覺自己還套著林太太的罩衫兒，便脫下來笑道：「我穿在身上，看不見倒罷了，連你們都瞎子似的。」

爽然笑道：「的確看不見。」

道了再見後，爽然和寧靜往回走，他懶得拿著罩衫，讓她先拿著。因爲騎了不少路，有點疲倦，便在一扇店門前坐下歇腳，寧靜在他身畔坐了。兩條人影在雪地上黏成一團，風一颳，項巾額髮便躍躍欲飛。空氣凍凍凜凜地洶湧而來，彷彿要把一切夷平。她因喝了酒，出來北風一吹，已有點頭痛，現在痛得更尖銳，不覺靠在爽然肩上。他低頭瞅瞅她，替她把項巾掖一掖好。偶有行人經過，都是哆哩哆嗦低頭疾走，像趕路的孤鬼。

月亮又偏一偏西，兩人便重新上路。爽然大概確實累了，騎得非常慢，自行車嘎嗞嘎嗞響，好像一片片在絞碎月光。到得寧靜家，已經月近中天。她目送他離去，自行車擀下一道長長軌跡，好像他無論走得多遠，這兒仍有東西要牽掛。她一低頭，方知道自己仍拿著那件罩衫兒，不由得笑起來，不知怎麼今天三個都瞎子似的。

次日早上爽然比平常晚了還未來，想是昨兒喝了酒，走了不少路，不曾恢復的關係。不知基於甚麼心理，她極想把罩衫送到綢緞莊給他，又拿不準他去了沒，磨蹭了個把時辰，究竟去了，卻是素雲在那兒儼然林家媳婦兒似的坐鎮。

她笑殷殷地過來道：「找爽然？他今兒身上不自在，會晚點兒來。」說這話時眼睛一直盯著那罩衫，想明明交給爽然的，怎麼跑到小靜那兒去了。

寧靜有點惘惘的，素雲道：「你進來喝杯茶等一會兒吧！」

寧靜往回掙道：「不了，麻煩你替我把罩衫兒還給他！」

「好，反正我今天總會見到他。」

寧靜忖量素雲定是常來，所以爽然不願她去。他就是甚麼都愛瞞她。

回到家裏，永慶嫂告訴她爽然廳裏等著呢，她開心不已，直奔廳裏去，爽然看來亦是滿懷喜悅，問她哪裏去了，她哼哼著說是送罩衫去；他明知不單是這個原因，不過沒追究。

寧靜問道：「不是說身上不自在嗎，爲啥不多躺會兒？」

他道：「我壓根沒事兒，媽硬是摁著我不讓起來。」

「嘖嘖，孩子似的。」

爽然戴上氈帽道：「咱們外面玩兒去。」

她嗔道：「都病了，還光顧著玩。」

「沒事兒。」

「沒事兒怎不到店裏去？」

他嘿嘿笑著拿她沒辦法，任性道：「走，今兒天陰，堆雪人最好。」

她一聽到堆雪人，童心大起，一面啐道：「說你孩子似的沒錯兒。」

前院遍地是厚厚灰灰的積雪，爽然後院抄來一把鐵鏟，一鏟，往大門前撒了一鏟雪，不一刻鏟得一個小雪山，撂下鏟子，兩人用手堆堆攏攏，有一搭沒一搭地聊天兒，漸漸地塑出個雪人樣兒。堆得差不多的時候，寧靜進屋裏取出紅墨水，給雪人點眼睛，點完擱在腳邊。爽然野野地瞅她一眼：「你這個大耳頭帽子賊好看的。」

寧靜這帽子作深灰色，帽前有寬長的兩條垂下來，可以圍頸子擋風，所以叫大耳頭帽子。她聽了，媚媚地盼他一眼，抿著嘴笑。

他加上一句：「我知道不是你打的。」

她這回忿忿地橫他一眼。

他搧風點火道：「是周薔。」一廂仍挺無邪地堆著雪人。

她一張臉冷冽冽地塌掛下來。

他火上加油道：「有一天你能替我打毛衣，我就不用擔心……」

一語未了，她捏了一把雪人肚子上的雪，「呼」地向他擲去，雪塊「噗」地剛好打在他的腮頰間。他如法炮製的一個投球，她還以顏色，就這樣的你攻我閃，愈打花招愈多，把雪搓成一個大蛋球，「虎」地抛去，「啵」地十分轟動地命中目標。沒多久一個雪人全讓他們給作踐光了。攻攻守守之際寧靜把那瓶紅墨水踢翻了，染得雪地一灘灘眩目的紅。兩人仍不甘休，亂抓地上的雪當雪彈，抛抛擲擲，噗噗啵啵中摻著清清朗朗的笑聲。

如此這般，兩人打了一場好雪仗。

接近春節，趙家頻頻來人請寧靜好歹回去吃年夜飯，過個年。她想想連過年都不與家人一淘似乎過分，只得答應。爽然初五六亦要去瀋陽到熊柏年家及趙家拜年，便約好過了年一道回撫順。

爽然初五到趙家，經過西廂，瞥見寧靜和周薔在廳裏唧唧咕咕不知研究著甚麼，周薔指間托著兩支鋼針，針上穿著一方淺藍毛布，寧靜則拿著一球毛線。他覺得有趣，停在那兒看，這當兒寧靜搶過鋼針試兩下子，試試周薔拍她一記，她不肯放棄，周薔要奪，爭奪間桌上的毛線球滾下地了，寧靜彎腰待拾，手剛碰上毛線球，眼皮一跳一掀，看見臺階上爽然的棉袍下襬；直腰之際，一寸寸地把棉袍看盡，然後是他的臉，喜喜茫茫地笑著。她不知為何有一種異樣的隔世之感。

她顯然有些慌張，把毛線球一塞塞給周薔，出來站到臺階上，眨眼瞟瞟他，竟是羞澀。他略有些窺人秘密的窘態，臉赤赤的，暗裏焦急，輕聲問道：「趙老伯在不在？」

她答「在」，引他正房那兒去了。

他放下果匣子，趙雲濤出來，給他十塊錢壓歲錢，寧靜一旁鬼鬼地笑他。大家說了些吉慶話兒，互道近況，東南西北瞎白話，爽然便起身告辭，其實僅是從正房客廳告辭，腳尖一旋即到西廂，和寧靜周薔一淘笑鬧去了。寧靜擺滿一桌子的小人糖太妃糖牛奶糖、紅白沾果、糖蓮子、瓜子，使勁攛掇爽然吃，問他哪裏去來，他一面嗑瓜子一面告訴她是到熊柏年家去，信口談到此人的品性家世。她聽著，一顆顆紅沾果往口裏送，滿齒腔啰哧啰哧響，響得一塌糊塗，他詫視她，彷彿她全身骨節都囂裏囂張地爆響著。

遠遠的地方有人節氣騰騰地燒起炮仗。

寧靜和爽然約好初七回撫順。唐玉芝大不願他倆要好，但一來不知道到了甚麼程度，二來抓不著充分理由，暫忍耐著不阻撓。趙雲濤因寧靜撫順回來開朗了不少，人也精神煥發，便無甚異議。從來許多事他都讓寧靜自己決定。

過年期間，所有店鋪起碼放一個月假，爽然常常閒閒地蕩呀蕩就蕩到寧靜那兒。寧靜多少有些沒著落的，他那樣子常來，他家人如何？素雲如何？她一點口風也探不到。有時候擱門縫裏看他來看他去，還覺得他愁思難遣，可是在她面前，他眞是無知無邪笑得豁豁亮亮。她的視野日漸縮窄到只容他一人，他背後的東西她完全看不見，一切遠景都在他身上，甚或沒有遠景，而他就是她的絕路。

爽然央她元宵節到他家裏過，她說甚麼都不應承，抬過槓，僵過，威脅過，全告失敗。最終的妥協，是他當晚接她去逛元宵。

元宵前夕，爽然給她帶來一大包紅沾果，她笑道：「過年還吃不夠？八成想撐死我。」

他道：「我看你挺愛吃的。」其實他更愛看她吃。

進得房內，寧靜神神秘秘地偷著笑，目光流流離離的。她坐在炕沿上，挪一挪挨近枕頭，一隻手探到枕頭下，先揪出些淺藍穗子，其後手指勾撓著揪揪撏撏扯出一條淺藍圍巾，一味裹著纏著發愣。爽然不欲她爲難，一把拽過去脖子上一圍，燦燦笑道：「好不好看？」

她點點頭，心裏卜通卜通跳。

他解下來托著顚顚抻抻道：「長寬都合適，可惜，嘖——」說著一隻手指穿過一孔舉起來道：「——窟窿兒太多。」

她一個箭步狠狠攫去，反身打開窗就往外抛，他很吃驚，趕到窗邊漫空一撈，及時撈住巾梢，但另一端已經沾地，他拉回來抖一抖道：「打得那麼辛苦，扔了不可惜了兒的？」他一掉頭，看見寧靜愣瞪著眼睛瞅他，一大珠一大珠淚水往下滾，他只是惶急不解，一把把她拉進懷裏。大風劈得窗戶拚拚砰砰撞，房裏的暖氣洩走了大半，她簌簌打了個哆嗦。

元宵節一整天寧靜精神都不大舒坦，稍微有些發熱咳嗽，但因爲心懸著晚上逛元宵，沒有作聲，盡量躺著休息。

晚上爽然接她到歡樂園，先尋個隱僻處把自行車鎖好，然後到綢緞莊去。寧靜這才知道他和素雲約好了綢緞莊門口會合，不免有幾分怨言。

素雲是在林家吃的晚飯，飯後林宏烈順理成章地把她往爽然那邊一搡，要他們一塊兒逛元宵去。爽然當然不能把一個女客丟在自己家裏和兩老悶對著，更不能請她自動回家，變得根本沒有選擇的餘地。他對素雲這種「抓著不放」的作風實在非常反感。

三人一鑽入人叢，爽然就一意貼著寧靜走，偏偏她生氣了，他貼得愈近她愈氣，愈氣愈走得快，愈快反而助長了怒氣。街上人多，存心躲沒有躲不來的，他和寧靜的距離便愈拉愈長，三人走得離離散散的，素雲攆他他攆寧靜。最後他一抖擻衝上前去，袖袖袂袂中拽住她的斗篷，喊道：「小靜。」她一驚掉頭，觸到他黑焚焚的眼睛，一顆心立刻軟化了，整個人也軟了，而且想哭。大概是身上不自在，所以火氣那麼大，她想。兩人都默不作聲，那種心情，有如短短一瞬間便歷盡了人世的滄桑聚散。待素雲追上，三人再又並著走。寧靜想到她和爽然老把素雲撇在一旁，不把她當人似的，實在有點過分，況且剛才自己鬧彆扭，並非完全針對她；然而頓時和她親熱起來，似又太著痕跡，便感到相當為難。

東北過年有一種習俗，就是在除夕午夜燒炮子後吃元寶，餡裏夾了紅棗栗子甚麼的，吃了會流年吉利。爽然問她們有沒有吃，其實只是隨便問問，通常沒有不吃的。素雲說吃了，寧靜卻沒有，因爲包元寶前栗子讓她和小善吃光了，她又不愛吃紅棗，便沒吃。

她還打趣道：「今年要流年不利囉！」

爽然雖不迷信，不知怎麼有點惴惴的。

元宵節的歡樂園，遍地的雪，天空裏煙花炸炸，月亮一出，晴晴滿滿的照得遠近都是寶藍。夜市到處氤氤氳氳，杯影壺光，笑語紛揚，吊吊晃晃的燈泡發出昏暈的黃光，統統在浩大深邃的蒼穹底下，渺小而熱鬧，眞是煙火人間。一概賣元宵的、凍柿子凍梨凍橘子的、冰糖葫蘆的、油茶的、小人爬的、化妝品的，都是挑了營生傢伙單爲了來走這一遭，明天又不知都上哪裏去了。

氣溫非常低，遊人講話時都呼呼噴著白氣，吐蠶絲似的，都在作繭自縛。經過搖著搏浪鼓的貨郎子時，寧靜「呀」一聲，伸手拂拂一綹淺藍頭繩，她留意了很久沒找著的，但也只倩笑一下，便追上他們去了。素雲想吃油茶，寧靜不舒服，膩得吃不消，爽然唯有陪著吃。沖油茶的沸水盛在一個大大笨笨的銅壺裏，小小的壺嘴嗤溜溜噗嘟嘟地直響，彷彿開足馬力的機器急速收煞的聲音，要不是在這麼嘈雜的環境下，多遠都能叫人神經緊張。

爽然吃了半碗，問寧靜吃不吃元宵；她最喜歡豆沙餡的，想今年仍未吃過，雖然口淡淡的，還是饞，遂點了頭。

賣元宵的攤子，一個大瓷盆裏底圓頂尖地搭了座元宵山，峰上罩只嫣紅網，真是沾沾喜氣。爽然不吃，素雲要了玫瑰餡的，大北風中白氣蓬勃地吃。寧靜上下兩排牙齒比齊了撕來吃，吃吃咂咂舌，無論如何吃不太下，無聊間初次注意到素雲的裝束。她今天穿黑底鴨屎青大團花棉旗袍，墨青對開棉背心，黑狐狸皮大衣，棉褲棉鞋，沒有姿色的女人，亦能穿出幾分姿色。

突然爽然喊她們稍等，說他去去就來，寧靜只覺得一陣襲心的熟悉，隨即看見他的背影掩掩映映的到了燈火闌珊那兒不見了，很快地，又從燈火闌珊那兒一寸寸地冒出來。寧靜悠惚惚地記起去年初夏的廟會，她和爽然剛認識，也是這樣在人叢中乍別乍聚。他來到面前，素雲已經吃完，寧靜還捧著碗發怔，他單著眼睛向她眨眨，她才囅然一笑，還了碗。素雲問他做甚麼去了，他說想買個凍梨吃，先前經過看見有，可是太凍，就算了。

三人又略逛逛。夜空中「篷篷篷」綻出各色煙花，有帽子、衣架、高粱、包米、美人……一一登場又一一退位，淅淅瀝瀝漫天隕星如雨。寧靜正觀賞著，素雲碰碰她道：「小靜，買不買點橘子回家？」寧靜搖搖頭說不必了，爽然提醒她道：「你不買些回去分給永慶嫂老劉他們嗎？」她還未轉過腦筋，爽然又道：「來，我替你挑。」說著一塊兒買橘子去了。

挑著橘子，素雲道：「你倒替小靜管起家來了，也不怕人家嫌你好管閒事兒。」爽然望著寧靜微笑一笑，她也回笑一笑，和他很親的。

離開了夜市，笑語人聲細細密密的遺落在後頭，寧靜有點神志飄忽，好像隨時打個呵欠，一回頭，整個元宵市場會憑空消失，幻象一樣。

第二天早晨爽然仍到寧靜家，一進門永慶嫂哭喪著臉與他道：「表少爺，你來了就好囉，小姐半夜裏發高燒，熱度高得不得了，我……」

一言未了，爽然早闖到房裏，摸摸寧靜的額頭，簡直燙手。他喉音顫顫的叫永慶嫂雇馬車。雇了車，也管不了那麼多，棉被一裹把寧靜抱起，坐車直奔天生醫院。送到急診室，有負責的大夫治理，爽然急得心都碎了，恨不得替她病了才好。大夫說是患了急性肺炎，沒有危險，但得在醫院住上兩三個星期。爽然放了一半心，囑咐後到的永慶嫂回去收拾一些寧靜的衣物用品，順道到他家說一聲。

爽然作主讓寧靜住頭等病房。將近晌午，林宏烈夫婦和素雲都來了，小坐片刻。

林宏烈道：「有永慶嫂在就使得，你跟俺們一塊回去吧！」

爽然道：「橫豎我也閒著，你們自己回去吧，別等我吃飯。」

素雲道：「這麼著，我留在這兒陪爽然好了。」

「不必了，你們都回去吧！」

爽然拒絕得那樣倔，以致空氣膠著了似的。素雲遏著怒氣起身離去，林宏烈夫婦也走了。臨出門口林太太回身向爽然道：「依我說，你還是把寧靜送回瀋陽去，到底有個親人，甚麼都方便些兒，……當心別過上了。」

爽然想想也對，寧靜一個人離開家住到撫順，已經不合常情，沒有事的時候猶可，如今人病了，連家人都不知會一聲，怎麼都說不過去，而且瀋陽的醫院，究竟設備好些。自己心中就有多不願，也只得送她回去。

寧靜的體溫高達四十度，整個人昏昏沉沉的，一張臉刷青。爽然站在窗前癡癡地想事兒，外面下著大雪，天黑還沒有停。他整天只吃了兩塊永慶嫂帶來的牛舌餅，又老是站著，乏得難受，終於在沙發上盹著了。驚醒的時候，房裏漆黑的，只聽見遠遠裏巷間傳來一聲聲幽幽危危的「冰——糖——葫——蘆」，「爽脆冰——糖——葫——蘆」，雪夜裏眞是悽悽斷人腸。

到瀋陽途中，寧靜醒了，退了點燒。爽然跟她笑道：「看你還敢不敢不吃元寶，你瞧，現世報。」她倦倦地笑著，推他說不要回瀋陽去，他就別過頭去了。

寧靜住進和平街南滿醫院的頭等病房。趙雲濤唐玉芝小善江媽簇簇擁擁都來了，怪她不該一個人住在外頭的，怨她不當心身體的，謝謝爽然照顧她的，喳喳呼呼的好一陣忙鬧。

永慶嫂沒跟來，趙雲濤便留下江媽照料寧靜，臨走時，他掏出幾十塊錢給爽然：「這兩天麻煩你了，住醫院坐車甚麼的，這個你收下吧！」

爽然使勁往回推：「您老甭客氣……」

「應該的應該的，」趙雲濤截道：「江媽收拾點兒東西就來，你有事先回吧，替我問候你父親，啊？」說完腳不沾地地走了。

爽然握著那把鈔票，腦裏一陣發空，像突然挨了一拳，又不知道甚麼理由，然而以後這裏沒有他的事了。他把錢塞到寧靜枕下，她張開眼睛，大概聽到了，心裏難過，沿著眼角流下一行淚來。

她問：「你要回撫順？」

他點點頭，又搖搖頭。綢緞莊再過十幾天才開業，他大可不必回去，可是他不能住在醫院裏陪她，更不能住到趙家，逼不得已，只得住旅館。

以後趙雲濤早晚會到一到，看見爽然也沒問甚麼，爽然覺得他這點就比自己父親強。過了三四天，林太太忽然來了，坐了好一會兒。爽然知道有事兒，藉口送她出去，一關門便問：「幹啥呀？」

林太太蹙眉皺鼻地說：「哎呀，老頭子急眼兒了，說你怎麼送個人，送了這麼些天兒，連自己都給送走了。」

爽然惱道：「你們這是啥意思，我挺大個人了，幹點甚麼還非得盯著不可嗎？」

「你的事兒我可不管，還不是你爹的那個炮筒子脾氣，一點兒不隨心就撂蹶子。我是叫你心裏有個底兒，回去準是一頓兒排頭。」

爽然不吱聲，林太太接道：「昨兒下午唄，素雲家又來催了，叫我拿甚麼話回人家？」他甩甩頭道：「別理他們。」

「你呀，唉，別怪我說你這孩子呀，忒不著調兒，訂了親的人了，還夜時白天的和一個大姑娘在一起，也不怕人家傳閒話，說俺們家出個風流種子，著三不著兩的……」

「媽，你有完沒完？」

林太太動了氣道：「好，嫌我嚕嗦，我不說你，你看著辦吧！別老讓事情不托底兒的就是了。」

爽然歎口氣道：「甚麼時代了，訂親的事兒……」

「得了吧，你那套理論我會背了，你爹可不那麼想。」

這時已經到了醫院門口，林太太渾身撲摟撲摟，緊緊頭巾：「你在哪兒下處？是趙家不？」

爽然含含糊糊地「嗯」兩聲，道：「我開市就會回去的。」

林太太機靈，「哼」一聲道：「老遠來到，招待也不招待一下。」說著掏出一百塊錢給他：「哪，拿去，前輩子該你的！」

爽然望著她離去，苦笑一下，感到無限悽愴。

寧靜發燒發了六七天，起初乾咳，隨著痰咳，每天依時打針吃藥。人瘦了不少，腮頰微微下陷，眼睛大大的，江媽早晨給她打辮子，就打一條垂在腦後。負責寧靜的大夫姓熊，很年輕，不會超過三十歲，待寧靜非常好，在爽然眼裏，好得近乎殷勤。有時候巡房他不在，熊大夫就坐著和寧靜聊天，等他來了方走。寧靜一直覺得這大夫有點面熟，方臉、金絲腿兒眼鏡。她再往眼鏡上想，終於想起來了。去年她初回三家子，和爾珍在田邊嘮嗑兒，一輛馬車停下來問路，車上的年輕人就是熊大夫。她卻不說出口。見過那麼一次就有印象，倒像他有甚麼教她難忘的地方似的。

然而，一天熊大夫循例巡房，記錄病情時笑道：「說也奇怪，開始的時候，我就覺得你們倆兒都很面熟，可是一直想不起來在哪兒見過，現在想起來了……我賣個關子，你們猜猜。」

他說話慢拍子，一句是一句，好像剛學會這語言，措辭文法都得斟酌一番。

爽然本來站在窗前看街景，此刻也轉過身子。寧靜假裝向熊大夫臉上端詳一下，苦笑著搖頭。

「那麼，給一個提示：在三家子。」他道。

熊大夫想：「去年九月左右，我有事兒下姚溝，繞錯路子到了三家子，車伙兒停下來問路……怎麼？想起來沒？」

寧靜裝到底搖搖頭。本來認了也無妨，但否認了那麼久，一下子扳過來，她覺得很不自然。

熊大夫頂頂眼鏡道：「那也難怪，隔個幾丈遠，不見得能看清楚。」

他望望爽然，爽然撓撓鬢髮，很不誠懇地撇撇嘴，攤手道：「對不起，沒印象。」

熊大夫難堪地正正眼鏡，囑咐寧靜多休息，便掉頭走了。

爽然知道寧靜喜歡《紅樓夢》，一天給她帶來第一冊解悶兒。

寧靜奇道：「咦，你也有這書？」

「買的。」

「幾冊全買的？」

他點點頭。

她說：「犯不著呀！」

他笑道：「你那麼喜歡，想必是好的，我也想看看。」

寧靜病後精神虛虛的，懶怠看，爽然興之所至持書在手道：「來，我說給你聽。」隨即大模大樣地坐下，合目一分，是第八回寶玉寶釵互看通靈玉金鎖，一個鐫著「莫失莫忘，仙壽恒昌」，一個鏤著「不離不棄，芳齡永繼」。爽然覺得這不好講，揭到另一處，是第二十三回賈政追究襲人的名字的，又沒大意思。支吾間前翻翻後掀掀，只不知從何講起，如何講法，把一本書翻撥良久，最後掩卷訕笑起來。白牙一亮，寧靜始發覺他的臉紅赧赧的，要不是白牙一襯，倒不顯眼。她不知怎麼也隨著難爲情，輕聲道：「不會說書就別逞能。」

恰值熊大夫進來，探問了她的病情，看見爽然手上的書，便詢道：「啊，林先生對古典文學有興趣？」

爽然答道：「不，給小靜解悶兒的。」

熊大夫轉向寧靜道：「那麼，趙小姐的文學水準是不錯的了？」

寧靜勉強一笑，他又道：「那麼，趙小姐有沒有接觸過西洋文學？」

寧靜搖搖頭。他微笑道：「你要是有興趣，我可以借你看看。」

第二天他果眞攜來一本《普希金詩選》。寧靜草率翻翻，並不合心；後來忍不住再拿起來看，漸漸看出興味來，邊看邊笑，總覺得怪怪的不大適應。

爽然粗魯地道：「他媽的，有啥好看的看得那麼開心？」

寧靜猶自看看，笑道：「熊大夫看的書倒挺逗的。」

「啐，現在的大學生都興這玩意兒。」

寧靜說：「我先還不覺怎的，看看卻有趣極了，我念給你聽：是最後一次了，在我腦海／我擁抱著你可愛的形影／我的心在尋索逝去的夢／我帶著畏怯的溫柔／鬱鬱地想起你的愛情。／我們的歲月在奔馳、變遷／它改變了一切，也改變了我們……」

她正要念下去，爽然「霍」地拿起那本《紅樓夢》，亂翻一頁搶著念：「無我原非你，從他不解伊，肆行無礙頻來去。茫茫著甚悲愁喜？紛紛說甚親疏密？從前碌碌卻因何……」他停了。她覷覷他，很是驚異，他竟是生她氣，這個野人，在生她氣，念得剁豬肉似的。她屏氣和他鬥幾句，全讓他剁得碎碎的。

她低低叱道：「甚麼屁大的事兒！」

他梗著脖子不嗞聲。

她故意說：「你念下去呀，最後兩句怎麼不念？」你敢，她想。

卻聽得他粗聲念道：「到如今，回頭試想眞無趣。」

她「啪」地把詩選擲到地上，這一氣急猛咳起來，惱道：「好，是你說的。」其後將棉被一揪蓋住頭臉，不一會兒便聽到鞋聲拓拓。他一逕去了。

開市的時候，寧靜快出院了。爽然回撫順照料，第二天又來了，手裏提著箱子，向她道：「我得到杭州一趟。」

她一怔，沒想到去這麼遠，眼紅了一圈，死命低著頭不朝他看。

他搭訕著又說：「我理當半年去一次的，上回到熊老闆家拜年也就商量這事兒。」

她恨道：「也不早告訴我。」

「告訴你也沒用。」

「有用才告訴我嗎？」

他因昨天讓林宏烈結實罵了一頓，心緒怫怫的，懶得與她抬槓。兩下裏都沉默著，沉默中別有惆悵。

最後他道：「反正你明兒就出院，也用不著我了。自己當心身體就是。」他一語既了，便頭也不回地走了。

寧靜出院回家休養，只覺門庭依舊，情懷全非。成日家懨慵慵地臥在躺椅上搖，咭咭摑摑咭咭摑摑，沒有盡期的歲月的平穩和勞碌。熊應生，也就是熊大夫，經常來作客；每回捎點兒人參當歸給寧靜補身，連帶地也送玉芝一些黨參鹿茸蟲草甚麼的。他叔叔開中藥行，這些都不費錢。以後到趙家都說給寧靜送補品，好像不如此便沒藉口似的。唐玉芝終於暗示道：「熊大夫是小靜的大恩人，以後俺們都自己人似的，這樣老送禮來，豈不見外！」此後，熊應生便來得兩手空空，名正言順。趙雲濤夫婦對他的評語一致是「年輕有爲，老成持重」，比爽然強得多。尤其唐玉芝，看見他便賤咧咧的笑顏逐開，他與寧靜聊天兒，她有生以來識趣地避到裏邊。

爽然不在，寧靜百無聊賴的，渾身不得勁兒，於是熊應生的探訪，幾乎成了她日常的一種寄託。他日間上班，多半晚飯後來，燈泡下眼鏡片上老汪著一簇光，方正的臉，厚實的鼻子，一副城府極深的相貌。

他來了，總和她瑣瑣碎碎地扯些雜事：醫院裏遇上難伺候的病人了，路上讓自行車撞了，家裏和堂弟弟慪氣了……講完自己嘿嘿笑，笑得乾乾的。她不明白甚麼叫印尼華僑，反正他就是那麼一個，原籍廣東惠州，家族在印尼雅加達定居，父親是大鄉紳。他叔叔回國，把他帶著，帶到關外，僞滿前的事兒了。他叔叔有兩兒一女，自小和他一塊玩耍、長大的，經過了僞滿，然後國民政府……娓娓道來，也是一番臨往事，傷流景。

有意無意，她總喜歡將他和爽然比，這個那個都比，結果這個那個都及不上，驕傲得不得了。她其實不討厭這姓熊的。他是個知識分子，然而卻不大像。與他相對，過的是家常光陰，許多人生的婆婆媽媽嚕嚕囌囌，合時的感慨喟歎，合理的人云亦云，極端平凡又甘於平凡，他的腳後跟一出門檻，她就把他忘得乾乾淨淨的。

爽然三月回來，瀋陽已經開始融雪，地上一泓泓垢水，晚間氣溫下降，水結成冰，行人隨時摔得全身骨頭散掉。他找寧靜的早上，正值熊應生放假在趙家作客，和她在西廂談天。江媽把爽然引進來，寧靜整個人一震，腿軟軟的站不起來，他大包子小瘤子地越過院子，整抽東西向正房那邊指一指，表示先去拜訪趙雲濤夫婦，約一炷香工夫，他剩下一只盒子來了。寧靜輕笑著說他今回去得這樣久，解開盒子，是龍井茶。她失望道：「怎麼是吃的呢？吃了豈不沒了。」

他長手長腳比比劃劃地道：「噯，吃的東西是吃進你的人裏頭去，可以長高長胖；那些破傘破扇，不過身外之物，還得這疙瘩兒那疙瘩兒的沒好處放，多招罪。」她禁不住笑道：「哪兒來的歪理。」便預備把茶拿到裏面讓江媽沏，爽然卻一伸手按住盒子道：「你一個人的！」

「得了。」她笑道。說罷裏面去了。

爽然自始至終沒和熊應生打招呼，此刻才略頷一頷首。熊應生問他一些杭州的風物人情，他不是沒留意，就是沒理會。熊應生自覺無趣，待寧靜出來便告辭走了。

寧靜拍爽然的手背一記道：「你得罪人家了？」

他大不以爲然：「沒有，沒得罪他，欺負他罷了……天下華僑都是僞君子。」

「嘖，賊壞。人家惹了你了。」

他斷了這話題，問她道：「喂，回撫順住？」

她神色一黯：「得問我爸爸。」

「上次不也沒問嗎？」

「你想我像上次那樣子？」

他搔搔鬢邊道：「還是問問吧！」

江媽沏了一壺龍井茶端出來，又替他們斟了。兩人托杯緩呷，清清甘甘的。

寧靜笑道：「不是說我一個人的嗎？」

爽然頭也不抬道：「那有啥分別？」

她又拍他一記。

當晚，寧靜到趙雲濤房中，他正和玉芝講話兒，看見寧靜，道：「小靜，你來得正好，我和你阿姨打算過兩天請熊大夫來吃頓便飯，你意思怎樣？」

她不置可否地說：「你們請你們的，干我啥事兒？」

趙雲濤豎眉瞪眼地反問：「怎不干你事兒呢？人家把你治好了，又三天兩頭送你東西，俺們請他來，不過替你謝謝他，我又沒有好處。」

寧靜心想，換了別的大夫，一樣能治好她，偏偏倒楣落在姓熊的手上罷了。她孜孜搓著辮子，心煩意亂的。

趙雲濤又道：「好吧，事情就這樣定了……」

「我要回撫順住去。」她情急衝口道。

趙雲濤愀然變色：「你上次偷著溜了，我沒派人逮你回來算便宜你了。你別以為你大了，我慣你，你就可以胡來……你有多大本事，病了還不是老老實實回家來。病得不夠你受，還想病是不是？總之這回你休想。」

寧靜眼睛噙了淚，只是哽咽難言。父親幾乎沒有這樣罵她過，他素來是最開通的。她明知道，關鍵在熊大夫那兒，分明這年輕人十分中他意，他起了私心，所以那麼袒護熊大夫。想起來眞替爽然覺得委屈。

唐玉芝一旁幫腔道：「是呀，小靜，撫順那嘎兒，你也住了不少日子了。你一個人在那兒，俺們也不放心。況且這一向熊大夫常來，看不見你，人家多失望呀！」寧靜不接碴兒，玉芝又道：「林爽然那小子，甚麼地方值得你這樣？論人品、學識、家境，熊大夫這人呀，打著燈籠找不著。」

這些話，以前寧靜逢上相親，要是對方是玉芝舉薦的，玉芝就得重複一遍，因此寧靜根本置若罔聞。她只是氣，氣得發麻，畢竟憋不住，讓眼淚流了下來。她一言不發地出去了。

回到房裏，她嗚嗚哭起來。本來此去她並無勝算，計策好如果父親堅決反對，她暫時拖些日子再說。一來她不希望太激怒父親，他近來健康大不如前了；二來她也不想太貼著爽然，兩人這樣親，日後不知會親到何種地步。但她萬沒料到情形這般教人心寒。熊大夫治她，是他的工作；待她好，算他有心。爽然卻是扔下一切來陪她的，陪了十多天，一個人孤伶伶地住旅館，整個人憔悴盡了，依然甚麼都不講。他豈可為她為得如此委屈。

次日天未破曉，她簪星插月的再次離開瀋陽。

爽然拎著皮箱到趙家找寧靜，聽聽答覆，沒問題的話可以馬上一道走。誰知趙家人皆翻著白眼看他，甚麼都只答不知。玉芝見是他，冷冷地道：「林先生，回到撫順，請你替俺們給小靜傳句話兒，就勸她先回家來，有話好說，父女間能有啥大不了的過節兒，氣平了也就算了。一個單身大姑娘在那兒，萬一讓一些王二混子欺負了，遠水救不得近火，到時候可別怨我們。」

爽然揣測寧靜是和家人鬧意見了，當下不搭話，離了趙家便乘快車趕回撫順，直接到東九條。

他遠遠便看見寧靜坐在臺階上托腮發呆，登時叫停，三輪車今天慢得簡直過分。她望著他跑來，盈盈笑著。爽然傍她坐了，她道：

「我知道你會來。」

他道：「不是說好一塊兒的嗎？怎麼倒先來了？你爸爸答應了？」

寧靜只答最末一題：「答應了。」

「怎麼先來了？害我白跑一趟。」

她這才想起他定是到她家去過了。那麼，他一定知道她說父親答應了的話是撒謊，想著不由得臉一熱。這人，寧可不揭穿她，讓她自揭自。

爽然笑問道：「我給你的龍井茶有沒有帶來？」

「哎呀，」她一頓腳惋惜道：「忘了，你瞧我多沒記性兒。」

他只管笑著，笑得臉龐透紅。寧靜打量他埋怨道：「人家病了一場，瘦了倒罷了；你又沒病，怎麼倒陪著瘦。」

他仍然只顧著笑，她瞅他半晌，忽然很想很想和他生生世世的親，想得心都疼了，不大懂得該怎麼活了。

梨花未開盡的時候，她成天鬧著要砍一枝。爽然應允替她物色一株無主梨樹，要開得最璀璨、最招搖的。

一個星期天，他們荷著斧頭去了。爽然挑中的梨樹在河北郊野，砍起來不那麼引人注目。那是一個小丘，丘上樹樹梨花白，風裏抖抖擻擻，一天的銀爍爍，俯瞰下去是畦深畦淺的綠田，真是春意爛漫。爽然攀上他意中那棵，一斧頭砍著一枝樹椏杈。她昂首望著，陽光一針針扎眼睛，她以手作簷，瞇睎著眼仍在看。密密叢叢的白瓣間有他的黑髮，他的衣衫，他的手勢，他的聲音，那麼高高在上，高與天齊，她愈望愈不可及。「喀勒」一聲，梨花落下了，他笑笑地立起來，更高了，她嚇了一跳，覺得他勢將壓在她身上。

寧靜扛起梨花，他要扛，她不幹，一路走著，她擺呀晃呀地沒個走態，枝上的花梗梗搔得他怪刺撓的，只得繞到她另一邊走。經過到河南的橋時，下起霏霏春雨，她透過枝隙瓣縫窺窺他，心裏一縷親意。迎面走來一個三四歲的小孩兒，大人牽著，因此一邊膀子吊得老高。她竟就想到要給他生一個孩子，男的女的都沒關係，不過都得像他，牙齒白白的。叫甚麼名字好呢？……女的就叫梨花，男的呢，男的呢……她想想笑出聲來。他看看她，不知她笑甚麼，自己也笑了。春風吹面，片片梨花飄飄曳曳地落到滾滾渾河裏去了。

回到家裏，兩人把梨花插在一個盛了水的坐地大花瓶中，整個挪到寧靜房裏的窗前。她舀來一瓢水，一手握瓢，一手掬水往梨花上潑灑。春陽斜斜篩進來，落在水露上是金色的幻滅。她心一動，忙放下瓢子坐到桌前，抽屜裏取出紙筆。

「你幹啥？」爽然問著便過來看。

寧靜起來直把他推到窗邊，硬要他向著窗外，道：「不許瞅著。」

她踅回桌子那兒，也懶得坐下，颼颼地寫了幾句，把紙藏好，然後背著手笑謎謎地踱到他面前。

「寫啥呀？」他問道。

「才剛兒我看那梨花好，得了兩句詞，記下省得忘了。」

「哦！」他恍然道：「就是嫁給富貴的那個破文章呀！」

她氣得踩他一腳：「別缺德。」

爽然手一伸道：「讓我瞧瞧。」

「不行，才只半闋，待我填完的。」

她走到他對面，兩人中間剛好隔著那株梨花，趁風頻挑逗。

五月中旬的一個下午，熊應生找上門來了。那時春天寂靜，寧靜正躺在床上苦思那下半闋詞，她現在幾乎一有空兒就想，好快點送給爽然。永慶嫂報說來客了，她微微發愣，想不出會是誰。知道是熊應生後，她竟是不大高興。

主客在廳內坐定了，寒暄幾句。他似乎十分口渴，喝了許多茶，她替他斟了又斟；她既然斟了，他就不好意思不喝。

他頂頂眼鏡道：「我到撫順來，是有點事兒，順道拜訪拜訪。」

她輕「哦」一聲。那麼他也算不得一個有心人。

他又道：「趙老伯近來老有點胃痛。」

「以前也有。」

「對，對，不過近來嚴重了。」

她接著問：「那麼你是常到我家囉？」

他一逕點頭：「應該的，應該的，那沒甚麼，沒甚麼。」

她差點兒沒笑出來，睨睨他。暖天裏他好像有點走樣，比以前脹大了，額際和鼻子窪裏泌著膩亮的油，以致一張臉油里巴唧的。

他搓手道：「最近收到我媽的信，說明年夏天會來。」他乾笑兩聲又道：「我們母子差不多二十年沒見了，想起來，日子過得眞快。其實她早點兒來更好，我可以多陪她玩玩，可是南方人怕冷，尤其印尼那兒，終年沒有冬天的。」

他乾笑著。她想他相貌走樣了，人倒沒變。這種家常話題，她聽著也不能說完全無趣，因爲它本身即是一種親切。

他又頂頂眼鏡，搓搓手道：「我母親希望我能夠盡快娶妻……嘿，老年人，總是希望看著兒女成家立室，他們也好抱抱孫子。」

她覺得情勢危急，兜轉話題道：「你認為我爸的病該怎麼個治法兒？」

他有點措手不及，連「哦」了兩聲道：「依我說，趙老伯這病是喝酒喝的，要盡量少喝才能夠根治。最好你能回去，勸勸他。」

「有阿姨不就得了。」

他笑一笑道：「那你還不瞭解老年人的心境，他們總是希望兒女在身邊。你們上次鬧翻了，他心裏不痛快，自然多喝了。你回去，他開心，用不著勸也會少喝的。」

她聽了覺得有理，一時起了動搖。這時他站起脫下西裝褸，搭在扶手上，問她廁所在哪兒，她忍笑引他到裏面去，又回到廳裏。目光遊移間瞥見地上一張白名片，約是熊應生的西裝褸沒搭好，口袋朝下，滑下來的。她拾起來，上面寫著熊柏年三字，她覺得耳熟，再念一遍，思索片刻，才記起是爽然綢緞莊的大股東。熊應生大概和他有甚麼關係，本來嘛，東北姓熊的人原就少，她怎麼早沒留意到。熊應生不是說有一個叔叔嗎，這人可能就是他叔叔，也可能是他堂哥哥。這雖然也算是一項發現，但她除了感到巧合外，並無其他感覺，重新把名片放回西裝袋裏去。

他出來，西裝袋裏掏出手絹兒揩汗。她問他道：「你堂哥哥叫甚麼名字？」

「熊廣生。」

「堂弟弟呢？」

「熊順生……我們這一輩，男孩子排生字，女孩子排麗字。」

「哦！」那麼熊柏年該是他叔叔，她想。

寧靜雖然被熊應生說動了，但單是過渡的罷了，看見爽然又極想與他在一起，極捨不得這種欲仙欲死的日子，縱使這種日子往往都不長久。

轉眼過了一個月。一天晚上爽然剛走，寧靜回至房中解衣就寢。仲夏天氣，她多半睡在窗臺下涼快，月光瀲灩，睡得特別香甜。她還沒睡踏實，門上猛地一陣驟響，她微駭一跳，伸頭往外望望，是瀋陽來的家裏人。她換衣之際，永慶嫂讓那人進來了。

看見寧靜，那人道：「小姐，老爺下午入醫大了。」

「甚麼病？」永慶嫂問。

「說是胃出血。」

事情太突如其來，寧靜腦裏一團紊亂，只管站著發怔，還是永慶嫂說：「小姐，我看你得去一趟。」

她點點頭。

永慶嫂道：「我替你理一理行李去。」

寧靜突然想起甚麼道：「不，我自己來，你替我雇輛三輪車。」然後她轉向那報訊人道：「待會兒你先拿我的行李到火車站等我，我隨後就來。」說完各自忙去了。

她胡亂疊兩件衣裳，又臨時找出那半闋詞放好了。

三輪車在夜街上奔馳，她靠著座背凝神聽著輪聲，以及擦過輪軸的風聲，覺得長路漫漫，十分孤獨。她自從去年爽然生日到過他家，便沒再去。此刻這般夜了，敲人門扉，自不免心怯。但她得跟爽然說一聲。

是林太太應的門，看樣子仍未睡，笑意掩不住眼裏的狐疑，迎她進去道：「你是找爽然吧，我去瞧瞧他睡了沒，你請坐。」她開了廳裏的電燈進去了。

寧靜椅子沒坐暖，林太太便端出茶來，爽然尾隨她身後。寧靜經過剛才那一場人忙馬亂，如今坐定了，又見到爽然，禁不住鼻子一酸，眼裏湧了淚。林太太擱下茶匆匆回身走了。爽然控低身子問寧靜甚麼事，她哭著告訴他。他替她抹擦抹擦眼淚，拍拍她背脊，嘴裏重複著：「沒事兒，沒事兒。」寧靜止淚了，他一溜煙跑進去，又一溜煙跑出來，道：「咱們走吧，我陪你到瀋陽去。」

這簡直比父親入院的消息更突然，她還沒來得及整理表情，他已經拉她出去了，經過院子時，有蟋蟀叫，分不清是哪個方向的，他笑道：「等你回來，我和你鬥蟋蟀。」

到得醫大，因爲是半夜三更，走廊間燈光白白的沒甚麼人，腳步聲回音隱隱，脹空而急促。趙雲濤的病房卻是漆黑一片，引路的護士給他們開了燈，趙雲濤歪著頭半張著嘴睡著了，臉色黃得發黑，像一張年代久遠的舊報紙；小桌上一只空著的玻璃杯，床邊一張空著的木椅子。這情形給寧靜一種受騙的感覺，她路上還使勁問爽然胃出血會不會死的，雖然他肯定地告訴她不會，她仍驅除不掉滿心憂慮。胃出血啊，可不是鬧著玩的。她期待的是一種緊張、悽慘的氣氛，然而，房裏簡直安詳得可怖，玉芝不在，小善不在，沒有一個陪侍的人；而她老遠的夤夜趕來，迎接她的是這樣的兒戲，兒戲到啼笑皆非的程度。

她伏在他懷裏哭起來，他以爲她是擔心父親的病，一味拍她哄她，扶她坐下，又到外面給她張羅一張行軍床，讓她躺下。一天奔波憂戚使她累到極點，爽然跟她說要回撫順去，叫她替他問候趙雲濤，她也只矇矇矓矓地點個頭，睡了。

第二天早晨情形大不相同，房裏擠滿了人，彷彿昨晚那個空空的恐怖的房子不過是一場夢。她起來的時候，唐玉芝趙言善江媽和二黑子都來了。

唐玉芝道：「我瞧你睡得香，便沒叫醒你，睡得好吧！」

「多早晚到的？」趙雲濤問。

寧靜揉揉眼睛道：「大估景三四點吧，是表哥送我來的。」

「他走了？」

「嗳！」

江媽給她弄來一盆洗臉水，她洗著臉問趙雲濤：「爸，你沒啥事兒吧？」

玉芝代答道：「昨兒止了血，熊大夫說沒甚麼大病，多住些日子，小心調養就是了，你也是的，夜兒個咋不回家睡？」

「我以後都在這兒睡。」寧靜絞著洗臉巾道。

接著來了兩個平日趙雲濤結伴上西門簾兒的朋友，談話便打斷了。

寧靜對趙雲濤始終有點內疚的心情，她想要是她早回家來，他的病或許不至如此嚴重，於是他住院期間對他格外順從周到。

爽然陪他父親來過一次，他自己來了兩次，可是玉芝老和熊大夫一遞一唱地奚落他，他便不大來了。寧靜爲此對熊應生大大地反感，但他是父親的負責大夫，又是趙家的朋友，不好表現得太決絕。每逢他有事無事地來繞一圈兒，她亦笑吟吟地應酬，完全是基於得饒人處且饒人的原則。

她回家把她和爽然初相識時他送她的團扇拿來，在炎炎懶懶的下午一搧一搧，依稀嗅到牡丹香，歲月去了，只留暗香一度。晚上她伏窗遠眺，星月熠熠，下面園子草叢裏有螢火蟲點點流光，她下去握著團扇撲一陣沒撲著，蹲在地上哭起來，心裏喚著爽然，她知道多喚幾次，夜裏會夢到他的。

熊應生下班了總在房裏耽著，每每邀她下小館子，她待拒絕，趙雲濤唐玉芝一旁摻和，只得去了。一席全他講話，間或一陣乾笑著，她半注心神地聽，兩眼望著他的一頭髮油、一臉肥油，只覺無趣。但因爲她經常是笑著的，他每次都感到頗暢快，他們之間亦頗有進展。

這樣過了十天，寧靜幾次向趙雲濤提出他回家調養，他說要打針吃藥，不妨再住些時日。漸漸地，人來得少了，唐玉芝照舊打牌，許多朋友都不「順道」了。

這天，熊應生休假，坐著和寧靜談天，屢屢欲言又止，正要坦告的當兒，趙雲濤起來去解手，便打住了。等他回來，熊大夫磨著膝頭道：「小靜，我想請你到我家裏去。」

她甩甩辮子道：「幹啥？」

「吃頓便飯，聊聊。」

「為啥？」

趙雲濤干涉道：「小靜，你就去唄，熊大夫一番好意，你磨磨唧唧個啥呀！」

「那你呢？」

「我理會得，你去玩玩吧！」

熊應生家在和平區，距離醫大極近，是瀋陽的高尚住宅區，泰半日式房子，格式和趙雲濤在撫順東九條的房子差不多，但熊應生那座是複式的。

一進門，樓上的半導體紙醉金迷地唱著：「夜上海，你是個不夜城，華燈起，車聲響，歌舞昇平……」熊應生跑到樓梯口往上嚷：「順生，把音量捻小一點兒。」樓上的人往下嚷：「應哥，你回來了，是不是趙小姐來了？」熊應生嘿笑一聲，且不答他，領寧靜進客室去。半導體音量較小了，仍可模糊地聽到「……酒不醉人人自醉，胡天胡地蹉跎了青春，曉色朦朧倦眼惺忪……」半導體閉了，樓梯上一陣鞋聲雜遝，客室裏進來一個二十多歲的大男孩子，向寧靜欠一欠身。跟著熊柏年夫婦都出來了，一家子都是方正臉，像進來了幾張麻將牌。寧靜覺得被包圍似的，睊睊地橫熊應生一眼，想起爽然和她的知心，不禁心中悲涼。

熊家掛著笑臉圍坐著，熊柏年夫婦眼珠碌碌的仔細打量她。熊柏年問她一句甚麼話，摻著濃濃的客家音，她又沒專心，一下子溜過去了。熊應生替她翻譯道：「我叔叔問你跟我認識多久了。」

她道：「還不太久，記不得了。」

熊應生頂頂眼鏡窘笑道：「我倒覺得已經很久了似的。」

她撇撇嘴道：「你覺得罷了。」

他不安地望望她。

熊柏年又問她趙雲濤有沒有做買賣，她這回聽懂了，答了。熊應生向她道：「我叔叔是年紀比較大才到這兒來，口音改不了。你又不會說上海話，他年輕時候在上海念大學，上海話講得不賴。」她正在納悶爽然怎麼和這熊老闆談事情的，這就是了，爽然亦是懂得上海話的。

眾人又隨便聊一會兒，熊太太道：「你們玩吧，我到裏邊兒看看廚房準備得怎麼樣了。」她這一起頭，其他的亦藉故出去了。熊順生臨行和熊應生咬一句耳根子，應生搥他堂弟弟一記道：「去你的。」熊順生又向她道：「趙小姐你隨便坐。」應生隨他出去打一轉兒又回來。

他躊躇不寧地搓搓手，舔舔唇，踱踱步，最後頂頂眼鏡道：「小靜，我以前不是向你提過我母親明年會來嗎？」

她猜到三分，重施故技地打岔兒：「你不是還有一個堂妹妹嗎？爲啥不見呢？」

他皺眉覷覷她：「她在上海念書，我不是跟你講過嗎？」

「是嗎？」他的確跟她提過，只是她一時情急忘了。她想要是他堂妹妹在，她可以進他堂妹妹房裏瞎扯一氣，避開他。

他搓搓手又重新開始：「我不是向你提過我母親要來的事兒嗎？」
「是呀！」她挑挑下巴，勇對現實。
應生垂眼繼續道：「是這樣子，我收到母親的信，說她不到東北來了，想在北平上海杭州這幾個地方玩玩。我希望先和你結婚，然後一塊兒去，算是度蜜月。」他一口氣說完，抬眼注視她。
她低著頭，急捻著辮子，好半天才想出一句常用話來：「我覺得我們還不夠瞭解。」
過了半晌，才聽得他道：「不見得吧，我覺得近來咱們的感情增進了不少，互相也瞭解了。跟你在一起，我感到非常快樂，我希望你能做我的妻子。」
「我……我覺得我還不太認識你呢！」他這時是側對著她的，她望望他，他髮根上和鼻窪子裏的油膩在日光下畏縮地閃著，她忽覺不忍，道：「過些日子再說吧！」
這裏的時辰過了，有人大聲嚷道：「喂，吃飯囉，幫手擺筷子。」
當晚，應生來到堂弟順生房中。順生正歪在床上抓紙牌，看見應生的陰天臉，嬉笑道：「碰釘子了？」

應生悶聲不響地坐下，順生又道：「沒指望了？」
「不見得，她說再過些日子的。」
順生道：「嘿，我以爲你特地叫我回來看誰呢，這個趙小姐我見過。」
「見過？」
「她到旗勝去過，做甚麼去了？」順生捂著臉想了一想，道：「忘了，和陳小姐在門口講兩句話兒。」
「她常去找那姓林的？」應生詢道。
「沒有，那陳小姐常來倒是眞的。」
「他未婚妻嘛！」應生道。
「那趙小姐長得不怎麼帶勁，單薄相。」
應生交著手把椅子蹬得一挫一挫往後仰，問道：「旗勝最近生意還過得去吧？」
「馬馬虎虎。」順生撂下紙牌，掏出一支煙捲燃了，道，「我他媽的對綢緞買賣壓根兒提不起勁兒。」
應生笑道：「那時候你說對中藥提不起勁兒，現在又說對綢緞提不起勁兒，我看是窯子裏的窯姐兒你最來勁兒。」

順生站起來道：「你別淨挖苦我。這年頭兒，哪兒是做買賣的！只是那姓林的小子瞎起勁。」

「攢錢討個屋裏的唄。」

順生來回踱兩步，拍拍應生肩頭，道：「應哥，我最近錢不湊手，可不可以挪兩個錢兒我用用？」

「嘖，你有完沒完？你當我是財神爺。」

「哎呀，我不央咯你央咯誰呀，咱們都是姓熊的不是？」

應生怒視煙幕後的順生道：「每回挪給你都是瓢底寫賬，這樣給法兒，連我也得拉饑荒。」

順生賴著臉道：「最後一遭兒嘛，下回……」

「咋地？」

「不找你。」

「啐，我勸你還是少推點兒牌九吧，不然——」

「外公死兒——沒舅（救）。」

應生苦笑道：「好吧，跟我到房裏拿。」

一個大晴天，寧靜在父親病房中憑窗閒觀園裏納涼的病人，左手輕搖團扇。遠遠的走來一個穿淺藍上衣寶藍褲的年輕人，刷白的回力球鞋如蝴蝶翩翩。她心裏一震，以爲是爽然，馬上又否定自己，敢情是想他想昏了頭了。那人走近，再定睛細看，眞的誰道不是呢。只見他瞇睎著眼望上來，朝她揮揮手。她第一次這樣居高臨下地看他，中間隔著一個天涯的陽光輕風和情懷，教人興奮欲淚。她向他招招手，扭頭看看正在假寐的趙雲濤，躡著腳尖兒急速地出去了。

她陽光下跑到他面前，眼波笑浪濺得他一頭一臉。他走過一段路，臉紅紅的，笑著從褲袋裏摸出兩張票子道：「看電影去？」

她點頭說好，和他並著走，向他道：「老久不來找我。」

他不接她話，問道：「你爸爸還得住多久醫院？」

「他呀，他現在根本是賴著不走。」

「爲啥？」

「誰知道。」她帶了扇出來，給他搧搧，又給自己搧搧道，「看甚麼電影？」
「嚴俊王丹鳳的。」他倒倒眉道：「知道了吧？」
她神色一黯，但仍然笑道：「青青河邊草。」她給自己搧扇子，又給他搧搧，搧得不好，打著他的鬢頰，「噗」一聲，兩人都笑了。
光路電影院出來，爽然請她吃霜淇淋，吃完都還不想往回走，隨處逛逛，竟不覺到了小河沿。他們初相識時常到這兒蹓躂，如今重來，心裏都有點難喻之感。爽然剛才在街邊兒給她買了一隻蟈蟈兒，囚在一個高粱稈編的小籠裏，此刻「哥哥」鳴著，鳴得夏日益長。
她忽道：「你瞧，我們今天的衣服一樣顏色。」音調非常高，好像她現在才發現，覺得奇怪，不太可能。他詫笑著瞅瞅她的淺藍竹布旗袍，順便瞅瞅她，笑得白牙都要響。
她把籠讓一條嫩枝穿吊著，自己挨著樹幹，轉著扇柄悠悠唱起來：「青青河邊草，相逢恨不早，夢裏長相聚，覺來隔遠道。青青河邊草，春去秋來顏色老，歡愛需及時，花無百日好……」

他們這時是在堤岸，爽然聆聽她唱，垂首如柳，癡癡望著水裏他的倒影，她的倒影，漫漫漶漶，卻沒有歌聲的倒影，歌聲上雲霄去了。他扭頭問她：「那麼快就學會了？」

她沒告訴他電影她已先和熊應生看過一次了，只說：「哎，爾珍和周薔都說我記性強，存心記，沒有記不了的。」她輕笑兩聲又說：「不過我也只記得兩段。」一股風過，他鬆大的襯衫鼓得飽飽的，是一面順風帆。她意興洋溢，想他嗓音帶磁性，唱歌理當好聽，便笑道：「你唱歌給我聽。」

他訕笑著搖頭：「我哪裏能唱。」

她央道：「你一定能唱，來，唱嘛，你能的……」便磨他小豆腐。

爽然悶著頭使勁搖，一味地訕笑，臉都紅了。她不斷撼他的胳膊，嚷著央著，他拿她沒法兒，惟有就範道：「好，好，我不會那曲子，你先唱。」

她便唱道：「青青河邊草，相逢恨不早……」再看爽然，他又腰笑吟吟的並沒意思開嗓子。她纏著他又一番威逼利誘，他拗不過她，終於唱了，顫巍巍地比著她唱：「青青河邊草，相逢恨不早，夢裏長相聚，覺來隔遠道。」居然相當動聽，但只唱了四句便不肯了。寧靜發了一會兒愣，立誓他那歌聲，她每夜必攜到夢裏去。

回程的時候，天色暗了，蟈蟈兒不叫了。他們談起熊應生。寧靜道：「說實在的，當初你有沒有認出熊大夫來？」

爽然笑道：「沒有，眞的沒有，後來才知道的，他現在一本正經多了，以前也沒戴眼鏡。」

「你好像不大稀罕他。」

爽然右手使勁兒拔著左手中指，道：「懶得打交道。」

「場面上總得敷衍敷衍，至少給他留點餘地。」

爽然翻眼掠掠她，覺得很不受用，不假思索地道：「你向著他幹啥？心疼了？」一出口他馬上覺察語氣過重，但寧靜已經擰頭疾步走了。

他攆上去搭訕著又說：「我小時候和熊應生關係就不對眼兒，和他堂哥哥廣生倒不錯，在上海的時候也和他有來往。」他接著追溯許多小時候和熊應生他們玩的事兒，都是打架的多，尤其和熊應生熊順生，玩過多少次就打過多少次。爽然長得最大塊頭，準贏，騎在應生身上揍他，往往領子一緊，讓林太太拉回去挨條子疙瘩兒。他當然也輸過，輸得一敗塗地。有一陣子他病了，林太太每天給他熬藥，應生順生三番四次偷進林家廚房把藥換上濃茶，爽然喝了，怕母親知道，不動聲色。

待林太太發覺，他已經躺了二十多天。林太太到熊家理論，兩個肇事的結結實實挨了一頓揍。那時爽然養有一隻小狼狗，特別仇視應生，見了他總吠個不止。一回應生惹了牠，牠狂性大發追噬他，爽然攆了幾條街才攆上了，應生已經嚇得屁滾尿流，褲子又濕又臭。當天晚上，應生就放了一把火，把那條狗活活燒死了。自此，爽然便和應生絕了交，連帶廣生順生也疏遠了。

爽然講著，一面覺得非常無稽地笑笑，跟著搖搖頭，眞是什麼都過去了。

這廂熊應生來到趙雲濤房中，不見寧靜，問趙雲濤，他說不知甚麼時候溜了的。應生等了約一頓飯時間，十分無聊，趴在窗臺上發呆。就那樣，他看見爽然和寧靜雙雙回來，爽然直送到樓下，回力球鞋逼人而來。應生不期然一股怒氣往上衝。

又是這姓林的。怪不得寧靜不肯答應嫁他，怪不得她冷落他疏遠他，原來全是爲了這姓林的。想起來眞恨，遲林爽然一步才認識寧靜，要不然怎都不會輸。寧靜也眞糊塗，怎麼偏偏看上這小子。這個人，自小兒就不是好東西，小時候把他糟蹋得夠嗆，一開始假裝不認識他，再後來視他如無物，現在眼看他的大好計畫又要黃了。總之甚麼都得咬尖兒。應生再望望下面，爽然正獨自離去，濃暮中只見一襲白衫，一雙白鞋，鬼魅般地消失。

次日中午，應生在趙雲濤房中，寧靜讓她爸爸打發去買水果點心去了。爽然在園子裏佇立良久都看不到寧靜到窗邊，曬得頭暈目眩的，便上去找她。敲了門，裏邊道：「進來。」爽然辨出是應生，生了退意，但寧靜或在房裏也未可知，只得推門而入，掃視一下，寧靜不在。但他還是不自覺地問一聲：「小靜不在？」

應生笑道：「她買東西去了。你等一會兒吧！」

「不了，我到外面划拉去。」

應生留道：「林先生既然來了，何不坐坐？」

爽然想昨天幾乎和寧靜爲熊應生口角，然而寧靜又叫他不要太絕，矛盾之際他已把門閉了。

爽然告坐道：「您老甚麼時候出院？」

趙雲濤道：「過個四五天兒就出院了。」

「那好極了，其實您老早該出院了，住在醫院到底不方便。」

爽然這話本來極普通，應生聽著卻感刺耳，立即解釋道：「林先生大概不清楚，趙老伯住那麼久，是讓醫院有一個時期的觀察，看看病情會不會有轉變。我們是不會平白無故胡亂要求病人長住的。」

爽然讓他這樣一誤解，先就三分不樂意，忖量著過幾分鐘便走。

應生又問：「你近來工作忙吧？」

爽然反擊道：「當然比誰都忙。」

應生扶扶眼鏡，似打趣非打趣地道：「你甚麼時候把陳小姐娶過門來？女孩子耐性可不太強。」

「有心了，我暫時還沒這打算。」

應生熱心地道：「依我說，還是趁早的好。現在通貨膨脹，遲了恐怕要娶不起。」

爽然原想說「怕我向你挪？」但還是嚥一口口水吞下了。

應生道：「你怎麼不多帶陳小姐來瀋陽走走？我也十多年沒見她了。」爽然發覺他愈來愈言語乏味，面目可憎，便道：「那還要看陳小姐願不願意，我不像有的人死乞白賴的不知道害臊。」

應生這下子臉都紅了，爽然笑一笑，向趙雲濤道了再見，自顧自走了。

應生當天久久不能自釋，不光是爽然的冷嘲熱諷，而是他明擺著無意娶陳素雲。其實治他還不容易，只要叔叔撤股……應生想著，連自己都唬了一跳。

回到家裏，熊太太用嘴呶呶客廳悄聲與他道：「兩父子嘔氣了，你勸勸去。」

「為啥呀？」

「順生要跟你叔叔借錢，你叔叔不答應，就吵起來了。」

應生來到客廳，還未開腔，熊柏年已寒著臉道：「你去告訴順生那挨刀的，要是債主把他送到官府去，叫他別認作是我兒子。」

應生看叔叔在氣頭上，不好勸，便先上樓找順生。順生床上和衣朝裏側臥著，應生鬆鬆領帶，問道：「你到底欠了多少錢？」

「三千大洋。」順生姿勢沒變，聲音撞牆反彈弱了許多。

「唉，那也難怪叔叔生氣。」應生道：「欠誰欠那麼多？」
床上一大段的沉默。然後順生道：「旗勝過兩天開年會。」
「嗯。」
「這幾天那姓林的一個勁兒跟我要賬本兒看。」
「你給他不就得了？」
「那三千塊大洋，是我虧空的。」
應生到桌子邊倒了杯開水，一口氣喝了大半杯。
順生又道：「我有法子對付我爸，是那姓林的小子彈弄不起。」
應生道：「他能把你怎樣，頂多跑到叔叔跟前告一狀。」
順生一骨碌坐起道：「他能那麼輕易罷手嗎？那小子跟茅坑裏的石頭似的，又臭又硬，不見得買我爸的賬。萬一他在年會上一咋呼，事情可就鬧大了。」
應生點頭道：「那小子挺隔路的，誰也不放在眼裏。」
「可不是。」
應生向他要了一支大前門，擦一根火柴點了，吸一口道：「要不是有叔叔給他仗腰子，他哪能坐上旗勝這把椅子。」

這一下搔著了順生的癢處，他忙道：「應哥，你這話可說到點子上了。就憑他那點兒能耐，他行嗎？哼，這會兒倒土地爺放屁——神氣起來了。當初說好賬歸我管，可他隔三差五這個那個地找碴兒，擺明抓我小辮子，眞他媽的！」他盯著應生不純熟的夾煙手勢，想他平日是絕少吸煙的，不知怎麼今天癮頭來了。

應生道：「那陳素雲和小靜不知看上他哪一點，挺抬舉他的。」他記得爽然和素雲的訂婚酒宴，熊家也赴宴去了。酒席上了一半爽然溜了，第二天在一口枯井裏搜著他，林宏烈氣得把他吊起來打，差點兒沒打成殘廢。

順生皺著眉頭道：「甭談了，愈談愈來氣兒，還是趕緊想法兒補漏子吧。」

應生隨地彈彈煙灰，吸一口道：「你看能不能攛蹬叔叔早點兒撤股？」「唉，就算行，那也是年會以後的事兒。何況你又不是不知道，爸爸準備爲旗勝在東北多待一年，不然俺們可以和大娘一道走。」

熊柏年的計畫應生也很清楚。因爲時局不穩，經濟蕭條，東北一帶又鬧土匪，他們住在這種地方，族裏人都不放心。熊柏年有意先把資金調動到上海，然後再設法弄到香港或印尼去，另謀發展。

他目今正在張羅結束中藥行，事情解決了再到上海料理另一間中藥行。然而，綢緞莊那兒，如果他年會上便要求退出，爽然匆匆間必不能覓著另一個理想的合作股東；熊柏年佔的是大股，如此一來，旗勝非垮不可。於是他籌策著在年會上先通知爽然他的動向，讓爽然有一年時間處理，找好合作股東，熊柏年再退出。至於應生，明年夏天會隨他母親先離開中國。

應生撳滅了煙，脫下眼鏡捏捏眉心，順生瞧瞧他，他今天動作異常多。應生褪了眼鏡，有如褪了他的防護罩，一雙眼睛在白日青天下，無一點招架之力。但他馬上又架上了。

順生抱怨道：「投資投資，經濟好俺們投資，現在景氣這樣差，豈不是灶坑挖井白費勁兒。」

應生向他再要一支大前門道：「旗勝要是能熬過這兩年，說不定苦盡甘來呢。」他點了煙挨著椅背搖起腿來。

「你看能不能把虧空的事栽到那小子頭上？」順生問道。

應生搖搖頭道：「怎麼栽？沒憑沒據的。」

順生急得在房裏團團轉，沉吟道：「要個快刀斬亂麻，——乾淨利索的……」他愈急愈毫無頭緒，惱得趺坐下來，一巴掌拍在膝蓋上道：「媽拉巴子，眞恨不得一把火把它燒了。」

應生手一抖，一大截子煙灰落到他衣上，他騰出手來撣撣，吸一口煙慢慢地道：「沒錯，燒了。」

「燒了？」順生睜大眼望著他，整個臉煙霧彌漫，他大口吸進大口噴出，煙霧永遠散不盡。

應生煙霧裏凝視著順生，重重地道：「一把火，啥證據都沒了，乾淨利索。」爲怕順生動搖，他強調道：「我這是替你想法子，我可一點兒沒撈梢兒。你這漏子捅得不小，不開狠方兒斷不了根兒。」

「這是犯法的呀！」順生久久始擠出一句話來。

應生乾笑道：「就當是哪個二愣子店伙兒把煙屁股亂扔。那不叫犯法，那叫悖運。」

「萬一事情辦岔了，咱們可吃不了兜著走。」

應生不耐道：「得，你要是怕擔責任，我也幫不上忙，這事兒咱就拉倒，當沒提過。」說罷作勢離去。

順生一橫身攔住他道：「行，幹就幹！」

他們的計畫，是行動那天，應生到旗勝假裝有急事找順生，兩人一道離開，臨行順生留話要爽然晚上關店門。順生認識不少流氓地痞，給兩個錢兒就肯賣命。當晚就買通一個，抓個機會從後門溜進去，在旗勝縱火，先打賬房燒起。順生因怕火勢一大，不可收拾，會株連毗鄰的商店，反而引人注意，弄巧成拙，便提議縱火人亦作救火人，看裏面燒得差不多了，便高聲喊救火。順生平日在店裏睡，毫無事故；如今爽然雖不過夜，但既是他關的店門，粗心大意的罪名，他起碼得揹一半。

應生午夜才打順生房裏出來，抖抖的把剩下的一截煙吸完，扔到地上，踩熄了，吹著口哨回房去。

寧靜的蟈蟈兒，夕嘹晝鳴。趙雲濤數落她好幾次了，養著這麼一隻勞什子，吵得要命。寧靜不理會，照樣喊江媽帶黃瓜心來餵牠。

趙雲濤出院的前兩天，烏雲靉靆，倚窗往外眺望，瀋陽市的天矮了一大截兒，房頂上是癱瘓的雲肢，軟趴趴的。

寧靜在房中消消停停，只覺百無聊賴，慼慼慇慇。爽然好幾天沒來找她了，又是這樣的天氣。趙雲濤叫她關窗戶，她也沒聽見，早早爬上床蒙頭睡了。

半夜果然雷電大作，橫風暴雨，一聲大霹靂，寧靜夢裏乍醒，擁被坐起，一室的白電光，彷彿這房間在眨眼，眼一睜就大放光明。轟隆的雷聲迢遞傳來，一陣響似一陣，炸橋似的。寧靜發覺窗下積了一大泓水，再望望窗戶，原來沒有關，忙不迭地涉水去關了。她輕「喲」一聲，拿起白天擱在窗臺上的蟈蟈兒和宮團扇。蟈蟈兒已經死了，宮團扇也濕了個透，落得紅黃牡丹一場僝僽瘦損。寧靜心裏大爲惋惜，想他日乾了也難有昔日風采。

外面的街燈在雨裏發酵發脹，隔著瀟瀟颯颯望過去，彷彿隔著重重的珠箔繡簾，不過都是簾捲西風罷了。她直直地呆望了半晌，循著燈柱望下去，光浸浸的一圈地面印著條人影，她揉揉眼，以爲看錯了，趴在窗玻璃上再看，隔著玻璃上的雨痕根本無法看清。她手忙腳亂地開了窗，一顆心只是卜通卜通跳，狂風狂雨鞭得頭臉麻麻的，她探出身子細瞧，眞的是爽然，吃了好大一驚。他的怪行徑，她是習以爲常的，但也沒試過怪誕到這種地步，幸而她是和衣睡的，此時不用再換，便嘀咕著提把鏽紅傘下去了。

遠遠地迎向他，悠忽忽如夢相似；她隱隱地有些心怯。萬一看錯了呢，但不大可能的。她最記得很久以前的一個晚上，他用自行車載她，風中月中都是他的氣味。她現在也是這般感覺。可是因爲這樣，她反而有點近親情怯了。

爽然看著她輕倩走近，一手撐傘，大風吹得她垂在腦後的辮子時時在腰間探出來。他心一疼，架不住一顆淚滾了下來。恍惚間，寧靜是看到了，但以爲是雨珠。那時他淋得落湯雞似的，襯衫的原色也看不出了。

他怔怔地望她一眼，機械地接過傘撐著。她就著光向他臉上端詳一下道：「沒睡好？怎麼窟窿眼兒了？」

他不答她，不知是風雨聲太大，他聽不見，還是他不願意答。

她嘟噥著又道：「這麼大個人，也不知道帶把傘，想得肺炎過過癮是不是？」

他高，雨傘遮不著她，斜雨打得她遍身濕了，她輕笑著解嘲道：「這麼大的雨，撐傘也不濟事。」但他還是撐下去。下雨就得撐傘，他兀自機械地撐著。

她沒穿鞋子，更是嬌小，仰著頭看看他。他直瞪瞪地望著前方，喉骨動輒吃力地起落著，雨水從髮梢滴落，順著脖子流，那樣木無表情，但和她那樣近，彷彿他只是一棵樹，而她是樹上寄生的藤蘿。

她唸叨著說：「我爸爸後天出院了。」她瞟瞟他，他仍舊沒反應。

她又說：「爸爸說你找過我，我沒在。說你……說你說話兒賊衝，熊大夫也沒咋地，你倒說人家死乞白賴的。」

他默默地眄她一眼，她覺得很驚心動魄。這樣的夜裏，她只渴望時光在傘下永遠停留，又明知甚麼都留不住，那種感覺，簡直是撕心的痛楚和無奈。

黑地裏遍地水溝子，她一雙光腳丫肆無忌憚地亂踩，濺起串串水珠子。反正兩人都水淋淋的，不在乎多沾一些水。

他們無目的地亂走一通，寧靜環視一下，不知道身在何方，到處是密密風雨，沒有一絲人氣，她模模糊糊地覺得他們根本亦不存在，他們亦化成了風風雨雨。她怕起來，竭力要找話說：「爸爸出院了，你說我用不用留在家裏陪他一段日子？」

他兀自低頭走著。

風趕著雨編編織織，他們也被織進這夜晚的錦繡中。她有點發抖，大聲道：「熊大夫向我求婚，已經好幾次了。」

爽然仍然不嗞聲，她慌張地望望他。原來他只是一個木頭人，枉她還以爲她與他有多親。她曳曳他的袖子哭聲道：「我有點怕，你有沒有聽見，我怕，你快送我回去。」

他騰出手來拍拍她的肩膀，她冒火了，使蠻力一甩把他甩開，站在那兒瞪著他。他總是那樣子，有甚麼不開心的事，就鬱鬱地悶著頭自顧自走，不告訴她，也不搭理她。

他握住她的手腕試圖拉她回來，她拚命往回掙，他緊箍著不放，她急了，咬牙用盡氣力推他，他腳下一個不穩摜倒了，「啪噠」一聲濺起許多水花，雨傘骨碌碌讓風颸走了。她嚇得哭起來，完全不知道是怎麼回事兒，離了他跑回去了。趙雲濤出院那天，寧靜還覺得那個風雨夜所發生的事只是一場夢。她至今完全不明白那是怎麼回事，更不能理解自己怎麼會發那麼大的脾氣。他得罪她了嗎？沒有。調理她了嗎？也沒有。她只記得她推他一下子，他摜倒了，弄得滿身泥水。那晚上的事兒，她只想完全忘記。

當天她就到撫順去了。趙雲濤沒有阻攔，要攔也攔不住。她下了火車便直抵歡樂園。的確是歡樂園，叫旗勝綢緞莊的，可是她來回走了兩趟都找不著。她沒有看橫匾的習慣，這時也只得抬頭看看，果然是那爿貼了封條子的店。她一直也約莫覺得是，但因爲不大相信，希望自己是記錯了。那爿店，門板燒燬了一部分。她打燒了的地方窺進去，裏面焦黑焦黑的，燒了，全都燒了，她還領悟不出甚麼來，愣愣地看了好半天。眞的全都燒了，只有一些燒剩的布角，漏出點糊舊的紅色。她摸摸那完好的門板，彷彿昨天才來找過他，裏面還是花花綠綠的蘇杭綢緞。

緊鄰的兩家店鋪也被殃及了，但影響不大。寧靜到其中一家打聽，才知道是前幾天晚上的事。店裏失火，救得快，不然不堪設想。她再問詳細，掂指一算，正是爽然找她的前一天晚上，那麼……她心惶意亂起來，馬上雇車到河北爽然家。

竟是素雲應的門。寧靜劈面就問：「爽……表哥呢？」

「和林老伯到瀋陽去了。」

「去瀋陽幹啥？」寧靜緊接著問。

素雲往裏讓道：「到裏邊兒再講。」

她給寧靜沏一杯茶。兩人廳裏安坐了。

寧靜問道：「伯母呢？」

「身上不自在，躺著。」

素雲接著道：「旗勝失火了，你知道？」

寧靜道：「才去過。」

「爽然沒告訴你嗎？」

寧靜搖搖頭。

「失火的第二天不見了他，俺們都以爲是找你去了。」

寧靜潸潸流下淚來，又忙不迭地拭掉。

素雲紅了眼眶娓娓地說：「有人跑來告訴的，爽然趕到的時候，已經燒得差不多了。他一直很有信心把旗勝搞好，攢點錢結婚，他說要他的妻子過得舒舒服服的，一點兒苦都不能讓她受。」寧靜想問是和誰結婚，但還是決定不問。素雲說這話的時候，臉上有一種光亮的虔誠的神情，那麼想必是她了。

「……他傷心極了，不吃，也不睡，從早到黑地發愣。第二天他不知哪兒去了，回來就病，那個樣兒駭人極了，我還捉摸他會死呢。他是最討厭吃藥的，把伯母熬的藥全砸了。老伯氣得揪他起來給他兩嘴巴子，逼著他到熊老闆那兒交代。唉！我也不知道他是病好了沒有。他自小就要強，一個不如意，連命都可以賠了去。眞叫人操心……」

寧靜捧著茶杯，盤得它團團轉。她不知怎麼覺得很難過。她知道的爽然，和素雲口中的爽然，竟不是同一個人。她彷彿在聽著素雲講另外一個人，一個她不認識與她無干的人。素雲繼續著她的述說，在寧靜聽來，聲音愈來愈遠，關於一個尋常家庭清官難判的事兒。

寧靜一路旁若無人地哭著回家，到家了又倒在床上大哭。她和爽然，輾轉一場，竟連知心都不是。他是綢緞莊老闆……綢緞莊老闆……她再三地想，異常拂逆。爽然是怎麼都和老闆沒關係的。然而他就那麼看重一片綢緞莊嗎？爲了它不餐不寢的，那麼看重它。她畏懼起來，努力回憶她和他在一起時是講甚麼的，可是她一點都想不起來。他的樣子呢，他的奔兒樓（額頭），大概挺飽滿的吧；眉毛呢，記不得了，眼睛小倒是眞的；他的鼻子尖尖的，鼻翼薄，因而鼻孔顯得大；嘴唇呢，好像也挺薄，怪俏皮的；下頦兒則是尖挑挑的；還有顴骨，險峻高峭的；鬢髮低低的，那兒一顆黑痣，她親手撓過的。還好，她還記得大半，可是這一來，她覺察他也是薄相人，不由得又擔心起來。還有甚麼她是知道的？她一直忘了問他有沒有念過大學，不知怎麼一直沒想起來問。還有他小時候念書成績怎麼樣，他有沒有在外面工作過……她從來沒有像此刻這樣覺得這些事兒的重要性。

爲甚麼他們以前不曾談起過？他們究竟談些甚麼的呀！從始至終，她都那麼滿足於只知道他愛吃煎餅果子、稻香村的爐果、老邊餃子館的餃子、李連貴大餅鋪的大餅、香瓜、葡萄；愛聽風雨聲、惡聽蟬鳴聲；愛看電影京戲……就只這些了。她無法想像他發脾氣的樣子，無法想像他也會砸東西。可能在她面前，他總帶幾分仙氣，教她也飄飄若仙的，不問世事。但也不，一定是他瘦，仙風道骨的，給她錯覺。她幾乎歇斯底里地亂想一氣，愈想愈恐懼，搗心搗肺的不甘。那樣費盡心情，摧盡肝腸，到頭來她是除了他叫林爽然外就他的一切都不知道的。

當天晚上，她就回瀋陽去了。

她變得非常懶，老窩在床上想心事。吃不想吃，睡也睡不著，往年這時節總把母親的書搬出來曬，現在也沒有了。只有熊應生來了，她會出來聊一聊，笑一笑。他休假便兩人結伴去看一場電影吃一頓館子甚麼的。旁人冷眼看著，都覺得他們挺般配的，相處得也融洽，就等談論婚嫁了。

應生重提婚事，寧靜考慮一下：也好，不用爽然再爲她爲難。但她沒有賭盡，留了後路，提議先訂婚。應生答應了，便擇了吉日在飯館請幾桌席。趙雲濤本要請林家，然而寧靜堅決反對，只得作罷。應生送她一只刻雙喜足金戒指，即席給她戴上。她牢牢地瞅著它，竟不大信，差點兒沒把它當場拔下來。她送他的也是足金戒指，戒指面無雕無琢，空白一片。

她朗日下走走，會駐足就著太陽欣賞指上的戒指，金扎扎的搠人眸子。那喜氣洋洋的兩個喜字，教她安心許多。

再見爽然，已經過了白露日。是爽然來找她。寧靜訂婚了，下人款待他的目光自是另一種，但他一點都不覺得，他沉醉在熾烈的期望的心情中。他甚麼都想好了，旗勝沒有了，他仍然可以和寧靜結婚，然後到上海。他舅舅家的綢緞生意需要他幫忙。當日回東北，他舅舅還因爲他沒能留下幫忙而深表遺憾。旗勝被燒燬，使他灰心絕望了好一陣子，如今想來眞是不必要。

寧靜看見他無事人般地笑著，也不知是甚麼滋味，只是緊張的坐在她戴了戒指的右手上。他始終訕訕的，望著她憨笑，白牙昭昭。寧靜打量他道：「怎麼瘦成那樣子？」

他撫撫臉頰，喃喃道：「是嗎？不可能吧。」他惜惜撫著，疑惑起來。

她忍笑道：「那麼久，哪兒去了？」

他期期艾艾的，「到……到……到杭州去了。」

對，到杭州去了，不告訴她一聲。他甚麼都不告訴她，等做了，愛講再跟她講。他永遠是那樣子。她就那麼不配和他分擔！

「你有沒有念過大學？」她忽然問道。

他不解地乜乜她，搖搖頭。

她點點頭，表示知道了。其實她眞的沒興趣知道這些。問一問，完一完禮似的。

那只戒指梗痛了她，她想他終會知道的，倒不如由她告訴他。爽然正战敠著該怎麼向她開口求婚，得小心一些，他這小姑娘是最敏感又心思叵測的，他幾乎對她敬畏。萬一她拒絕，他可是會死的。他們互相估計了一刻鐘，同時說出個「我」字，兩人都笑了。爽然剛才本是一鼓作氣，氣一洩，沒那麼容易再提起來，便笑著寵寵地向她翹翹下頦兒，要她先說。她俯低頭，慢慢又不得已地挪出右手，那一刹那她軟弱不堪，右手的骨頭都化掉了，只得靠左手把它提起來放在腿上。

黃黃的金戒指黃蜂似的釘入他眼中，他立刻甚麼都明白過來，簡直怕她啓齒，但已經來不及了，她是這樣說的：「我和熊大夫訂婚了。」他愣望著她，完全不能領略她的神情，只盯著她小巧的嘴一翕一張，作踐他的命運。她猶自幽幽地說：「我想我訂婚了，你就可以和陳小姐結婚了，不用老決定不了。而且……我們到底還生分。」他不敢站起來，怕站不穩；但也不敢面對她，怕會失態。只覺喉嚨裏一陣翻湧，快要把持不住了，終究還是走到門邊，扶著門框立著。她就那麼沒耐性，一點都不爲他等等。害他病榻上朝思暮想，夙夜籌劃，都爲的這一天。好在讓她先說了，要是他先說，眞不知怎樣收場。但他永遠失去了她。

他無論如何該說些祝賀的話，遂道：「那我恭喜你。」語音哽哽的。

她鼻子酸得快要打噴嚏了，眼淚不能自止地猛流，幸而他背著她，看不見。她想他也是流淚了，所以頭也不回，再見也不說，逕直走了，走得很快，死欠著頭。

她很想攆上去，告訴他她是騙他的，跟他開玩笑而已。為什麼會答允熊應生的呢？當時似乎理由十分充分，現在她一項都記不得了。她想起爽然還未告訴她他那「我」字下面是想說甚麼的，下次記得問他。

寧靜不愛想事情了，就是窩在炕上睡，愈睡愈累，頭髮亂亂臉青青的，一點不像訂了婚的人。周薔有空總拉她出去解悶兒，但許多寧靜以前愛的現在也不愛了。世上的事物開始漠漠地待她，她也漠漠地待它們。唯有一次，她和周薔經過一間傢俱店，櫥窗裏擺著一扇四折屏風，上面雕的元宵節，一個大白月亮，照著熱鬧的元宵燈市，紮沖天辮的小小孩兒你追我逐，妙齡女郎斗篷曳地，五陵少年風流自詡。寧靜趴在櫥窗上以手圈額看得出神，種種往日恩情一時統統湧上心頭，周薔催幾次催不動，知道是哭了，忍不住把她扳過來叱道：「你既是要後悔的，你當初為啥不想清楚再答應熊大夫。你選中他了，就得跟他一輩子。你這樣糟蹋自己，不是跟自己過不去嗎？」寧靜細想，也對，選定他了，就得盡心力跟他一輩子。她安靜下來。

她和應生每個週末去玩一次，成了慣例。他走路很快，她老追不上，他又是個不屑體貼遷就的，往往兩人不見了對方，通街划拉個好半天，找到了，他總怪她只顧著看熱鬧，不貼著他走。她喜歡的小吃零食他全不喜，專揀有名的飯館，三口菜打發三碗白米飯。寧靜必須常常提醒自己他是她選中要跟一輩子的，才可避免與他衝突。

她喜歡一個人走在秋天的街頭上。點心鋪的各色月餅都出爐了，大東門果木行的秋子梨安梨平頂梨香水梨都上市了。各種香瓜擺得滿街都是，空中蒼鬱鬱漫著叫賣「刮饟好榛子」、「糖炒栗子」的聲音。她看不及地看。路上秋意墊腳，各人有各人的心事。

入冬下雪，她更藉口不出門了。周薔說她都要把自己搗餿了。然而，她如今是連自己都可以盡拋棄。

如往年一樣，趙家院子的簷頂欄杆棲宿著無限倦意的白雪。所有白雪都是浮雲遊子，從天上來，終將回到天上去。因是天陰，寧靜慵懶更甚，吃過午飯後，自個兒悶悶地坐在臺階上。不知怎麼想起堆雪人來。她覺得這主意不錯，讓她活動活動，免得萎頓下去。可是惰性未除，懶得動彈，又還延挨了些時候才起身拿鐵鍬去。她挑了一棵槐樹下開始動工。許是久無勞累，她不久便有點氣喘不支，一臉汗津津的。她休憩一會兒又繼續，愈堆愈興頭，堆出了身幹的雛形。她蹲下來攏攏拍拍。這個身幹她堆得極高闊，把她整個給藏起來了。她聽得有人敲門。應生這時候上班，不會是他；猜是周薔。寧靜不禁笑了：「這時候才來，沒趕上身子，倒趕上雪人頭。」

江媽跑去開門，寧靜停了動作，屏氣埋伏，準備出其不意唬周薔一跳。人進來了。她單著右眼往外窺覷，險些兒沒把雪人震倒。只聽爽然問道：「你家小姐在不？」

江媽笑道：「在，在，在堆雪人玩呢。」她扭頭一看，並不見寧靜，便朝未完成的雪人走去。

爽然的胸口像讓甚麼壓著似的，一手的冷汗。只見江媽向雪人後面咕唧一陣，一逕進去了。

他盯著那地方不放，寧靜終於冒出頭來，像一隻畏怯膽小的小白兔。他一陣心疼，喉間哽咽起來，向她微笑一笑，起步趨近。寧靜此刻見著他，只想大聲喊他的名字，或者大哭大叫都好，就是不要不作聲。

他們隔著那堆雪，都覺得冷。他強笑道：「咱們很久沒見了。」他講了這麼一句話，兩人都有點愕然。他替自己打圓場道：「你還喜歡堆雪人？」他覺得這句更糟，她卻紅了臉，笑一笑，瞥瞥他脖子上的圍巾，是她替他打的那條。

他笑道：「我幫你把它堆完？」

她知道他已經很努力，不能再讓他獨撐下去，便笑說：「好。」

他們默默地推著攏著，默契依然非常好。兩人都有了恍惚之感，好像回到以前去了，不同的是現在懷著一種近乎絕望的眷戀。她強烈地感覺到她是錯的，她始終與他最親，所有生疏都是假的，故意錯導她的，而她居然上當。這般想著，她止不住落淚，爽然拉她道：「咱們進去吧。」

她讓他進了自己的房間，給他倒茶，火爐裏添了煤，依稀覺得是一家子。空氣一暖和，他們的情緒便沒那麼繃緊的。她抱枕坐在炕上，靴後跟兒蹬得炕壁咚咚響。他呷一口茶道：「過兩天兒我就到上海去……大概不回來了。」

她停了腳，望著他，等他講下去，但他沒有。她有許多話想問他，比如他是不是和陳素雲結婚了，他爲甚麼去上海，去上海幹啥。這些她都希望他能自動告訴她，但她更知道他不會。他決定瞞她一輩子，瞞著她老，瞞著她死，哪怕他們已經如此親。

他踱到窗前道：「我到上海會幫舅舅經營他的綢緞買賣，然後……」說到這裏，他發現窗上有他的名字。天冷窗內結霜，霜上可用手指寫出字來。而他看見他的名字清晰玲瓏地印在霜上，也是這幾日天陰，未被融掉。她還是想他、懷念他的。那麼，爲甚麼呢？這問題他很久沒問了。他不相信寧靜像他父親說的因爲旗勝垮了，而嫌棄了他。他一直沒有怪她。

寧靜正奇怪他會把事情詳細告訴她，他卻住口了，想是中途變卦，要保留秘密。她想問他上次他的「我」字下面是說甚麼，不過她又怕提起那天的事，就算了。

「你甚麼時候南下？」她問道。

「約莫七月。」

「到上海？」

「先到北平。」

他回身坐到她身旁，道：「上海的小吃多極了，你一定得嚐嚐。」他屈指數道：

「有煮干絲、蟹黃包、蒸飯團、麻團……」

「等一會兒，等一會兒，讓我記下的。」她忙去取紙筆，看見抽屜裏半闋詞，又多添一樁心事。好像甚麼都擱下了，都趕在今天冒出來。

爽然在高粱蓆上凹凸不平地把剛才那幾個名目抄了，接寫下去：「……四喜元宵、燒賣、涼團、三丁包、鍋貼、片兒湯、春捲、餛飩、拌麵（王家沙）、餚肉……」他還給她畫，兩手比劃著，方正的一塊，這麼寬，這麼厚，棒極了。她又有以前那種幸福的感覺。

他講完了，再來的是一大段的冷寂。

她小心地折著紙張，四邊比得齊齊的，走到桌前拉開抽屜放好，拿出那半闋詞輕笑道：「你瞧，說要送你的那闋詞，還沒有塡完呢，有一陣子不知塞到哪個旮旯了，最近才冒出來。」他過來看，她把他推回去道：「你坐一會兒，我馬上就塡。」他瞪著那只金戒指。

她特意找出毛筆墨水匣，啣筆想了一想，蘸墨寫了。寫完撮唇吹一吹乾，摺起來入了信封，給他道：「回家看。」

他們隨意聊聊，都在延挨著，都不敢看外面的天色，然而天色漸漸暗了，會有人來叫她吃飯了。他起身走到她面前，她不敢看他，眼梢彷彿覺得他的夾袍動了一動，她以爲他要走，猝然抬頭，覺得他要壓下來。

他笑一笑道：「我走了，你保重。」

她要送，他不讓，她便開窗看他。暮色昏昏，她凝視著他移動的身影，心中淒切，脫口喚道：「爽然！」他向她揮揮手，走了。她瞧見霜上他的名字，知道他是看到了，覺得非常放心。

爽然一出門，便拆開寧靜給他的信封，借式微的天光讀紙上的小楷：

片片梨花輕著露，舞盡春陽姿勢。無情總被多情繫，好花誰為主，常作簪花計。
人間多少閨門閉，門前落花堆砌。隔窗花影空搖曳，近來傷心事，摧得纖腰細。

每個人都有過快樂的日子，屬於他和寧靜的，已經完結了。

張爾珍和程立海在長春結婚，給寧靜寄了一張結婚請柬。應生陪她去了一趟。爾珍將爲人婦，比前端莊嫻靜了。婚宴上親暱地拉著寧靜講許多話兒。寧靜打量她半酡紅的臉龐，覺得她是真的快樂。嫁一個自己喜歡的人，大概就是這樣驕傲滿足。爾珍問她：「你表哥呢？」她過一刻才想起來是指爽然，不禁百感交集，掩飾甚麼的拉過應生來介紹。大家談起三家子問路的一段淵源，只覺得人事難料，都唏噓驚歎不已。

這一年七月，寧靜離開東北南下。此去料定沒甚麼機會回家鄉了，自不免離情外更添傷感。她翻出地圖找印尼，那樣遠而陌生，香港近得多，就在廣州下面。後來她知道是去香港，開懷了不少。親友間多有請客餞別的。她自個兒愛去的地方多去蹓躂蹓躂，有時候周薔陪她，原打算愛吃的也多吃吃，但好胃口沒有了。

同行的有熊柏年夫婦、熊順生，當然還有應生。到了北平，他們在旅館下榻。第二天到機場接應生母親。

應生母親原名潘惠娘，廣東梅縣人。常時繫一條垂地紫底彩花沙龍裙，上衣印尼人管它叫克拜雅（Kebaya），緊緊巴巴地裹著一身肉，有時候也穿穿旗袍褲子。她頸上腕上嘀哩嘟嚕戴著金鏈金鐲，右手無名指上套一只玉戒指，綴著她粗糙的淺棕皮膚，有一種土豪鄉紳的珠光寶氣。她的相貌倒是慈藹的，應生卻並不像她。隨潘惠娘來的是一個望五十的瘦削婦人，熊家都管她叫三嫂。

初聽客家話，寧靜覺得簡直身處異域。在她，客家話有濃濃的排斥意味，扎得她渾身不是味兒。過幾天兒她略略能聽了，簡單的、慢板的。那是一種教她孤獨的語言。

寧靜很快就感到潘惠娘和三嫂對她的敵意。潘惠娘除了機場裏上上下下把她審視一通，就壓根兒沒正眼瞧過她。她告訴應生了，他說她敏感。

他們在北平逗留十多天，行程安排得很鬆動。熊柏年是識途老馬，充當導遊，領他們逛天壇、故宮、頤和園、北海、香山、長城……他們老一大夥人擠到一塊兒，寧靜一個人落在後頭，也沒人睬。她印象最深刻的是長城了；臨風佇立城上，長城外是她大豆高粱的家鄉，長城內是她獨在異鄉爲異客。

然而日子逐漸難過，她驚覺她是一個人離鄉別井，另外的一大夥人，在她生命中甚麼都不是。

到上海的火車上，他們買的是軟臥。潘惠娘硬要寧靜出去坐硬座。寧靜聽不大懂，只見她一隻手一味往外搧地趕她，她辮子一甩氣沖沖地出去了。熊太太讓她進熊家的軟臥廂她也不接受。

火車公洞公洞地在軌道上驅馳，田疇綠野刷刷地飛逝。應生出來陪她坐。

她硬聲道：「你媽又沒要你出來。」

「她老人家，你何必和她計較，我陪你就是。」

當時你大可以爲我說句話兒，她想。

那樣的女性，年輕的時候讓婆婆欺負，自己當了婆婆，理所當然地欺負媳婦兒。這根本是因襲的惡性循環。

應生道：「你就將就點兒，老人家，哄哄她不就結了。」

寧靜怒道：「我還不夠將就，你媽擺明給我難堪你看不出來？別忘了我還不是熊家的人呢。」

他忿忿地睨睨她，不再吭聲。

熊柏年在上海市的西郊區蓋有西式洋房，應生的堂哥哥熊廣生和堂妹妹熊麗萍就住在那兒。抵達上海的那一天，大家都累，不打算再到哪兒，晚飯後便在客廳裏濟濟一堂的喀嗒牙兒。寧靜原擬缺席，應生勸她留下，省得別人問起他難交代。寧靜多半聽不懂，乾瞪著眼發呆。潘惠娘或三嫂開腔時她渾身汗毛都警惕地豎起，隨時預防她們又在彈劾她。往往也聽到「趙寧靜」三字被提起，趕緊收攝心神聆聽，但話已經講完了。有時是她聽錯了，有時是她錯過了。熊麗萍特地鄰著她坐，撩她說話兒。麗萍是典型上海時髦的女性，二十二三歲年紀，濃妝豔抹，花裏胡哨兒的。隨時腳一跺，髮一蹦，怪活潑的。寧靜陡地聽到潘惠娘說她，捉摸不著說甚麼，只聽麗萍道：「大娘，你有一個長得這麼俊的媳婦兒，還有甚麼不滿足的！」

潘惠娘一字一字道：「我不喜歡東北人。」

寧靜清清晰晰聽入心中，她發覺廳裏的人都在注意她，便假意拍一拍麗萍道：「老婆婆才剛兒說甚麼來著？」

眾人才恢復自然。熊廣生問道：「爸爸你不是說要拖一年的嗎？怎麼倒這樣快下來了？」

熊柏年帶幾分僥倖地告訴他旗勝失火的事兒：「……想起來眞得謝謝那場火，把俺們解救了。」

其實熊廣生早於信上獲悉這回事，這般問他父親，是給他父親機會在沒有聽說過的人面前演說罷了。

寧靜恨視著他們，想她和爽然，雙雙落得他們這樣揶揄嘲弄，心中大感淒涼。

她念念不忘爽然寫給她的上海小吃，但他們每每上老飯店大三元老正興這些有名飯店。雖然這些大飯店各具特色，老正興的魚她亦讚好，但爽然給她寫的，她至少得吃一兩樣。一次他們去外灘，經過王家沙，她悄悄跟應生說：「聽說這兒的拌麵很好吃。」

應生朝裏張張道：「髒得要命，媽媽哪裏能習慣。」

「就咱倆來好了。」寧靜道。

應生粗聲道：「那有啥好吃的，別小孩脾氣了。」

他如今只是唯母命是從，對他，寧靜不奢望甚麼了。換了爽然，早已拐了她進去打一場風捲殘雲的大混仗了。

上海這地方，除了有限的黃埔江外白渡橋哈同公園，沒有什麼可去處了，熊柏年和熊廣生忙著結束中藥行的事，麗萍天天陪她母親、潘惠娘和三嫂出去逛百貨公司。

寧靜一個人一間房，獨門獨院地過起日子來。

這天早飯廣生突然問起爽然的近況，只有熊柏年答他：「也難爲他，旗勝燒了，夠他受的。聽說到上海來了。」

廣生道：「不可能吧，他來了怎會不找我？」他接著自語道：「讓我到他舅舅家打聽一下吧。」

她憮然若失，想問問爽然的舅舅家在哪裏。她和他可是立足在同一個城裏的！但，這時候，還見面做甚。

她吃得最慢，只剩她一個了，便撂下不吃，一逕到應生的房間，問他去不去散步。手剛搭上門把，順生的聲音在裏面響起。寧靜對順生毫無好感，想過一忽兒再來，尚未舉步，「林爽然」三字一劍劍插入她心上。她留了個神，只聽順生說道「……我說的錯不了，準是那姓林的知道了，所以不來找廣哥。」

「對，他和廣哥交情不錯，到了上海決不會不聯絡他。」應生道。

「可不是……喝，知道了又怎地，廣哥不知道就行了。」

「萬一廣哥找到他，那可說不定。」

順生道：「他沒憑沒據，廣哥也不會信他。……嘻嘻，俺們做得嚴絲合縫的，除了你、我，和那放火的，誰知道，就算露餡兒了……」

寧靜只覺腦裏轟的一響。

外面光天化日，但她心裏的天已經黑盡。方才的一陣急跑，使她汗水浸浸的。可是現在甚麼都沒關係了，她一條命，也抵不了爽然的一場劫數。她匆忙間沒有帶錢，只得沿著大路走。初秋的太陽還是毒，她卻無知覺了，也不知走了多久，走到哪裏，抬眼環顧，覺得地方有點眼熟，問問才知道是南京路，直通外灘。她瘋狂地來回亂走。她記得王家沙就在這附近。她得吃一碗王家沙的拌麵。她找了很久才找到，卻恍然記起沒有帶錢，眞是甚麼都一波三折，她滿臉汗水眼淚，在店門呆站了個把時辰。吃飯時間，食客一批批來了又去，忙得那胖老頭兒顛著大肚子跑來跑去。看樣子是老闆，繫一條埋里巴汰的圍裙，不時拿眼睛望望寧靜。

他抽個空檔問她是不是要吃麵，她猜著他的意思，搖搖頭，老闆又忙他的去了。寧靜不死心，眼巴巴看著那些燻魚蹄膀漸漸少了。老闆看她仍流連不去，問她有甚麼事，她囁嚅道「我沒錢。」老闆「哎喲」一聲拉她進去，覓個位子她坐了，逕自給她上一碗燻魚麵，道：「你吃吧，算我的。姑娘不是本地人吧！」

「東北人。」

「哦。」另一邊有人喊他，他應了，回頭又催她吃。

寧靜想自己的親人，還不及一個不相識的老頭兒待她好，心中好生悽慘。她爲爽然吃的心情，多於吃的心情，東西便吃不出味兒來。但因爲餓了，又特愛吃麵，便呼嚕呼嚕地吃完，打個飽嗝，棒極了。

她跟老闆說明天給送錢來，他肥厚的手掌拍拍她肩膀說：「算我的，算我的。」他送她到門口道：「認得路吧！」她點點頭，卻往外灘的方向走。

她拐個彎，挨店細看，橫匾豎匾門聯門牌一一都看了。來到一家爵士茶莊，牆上一張節目單，題上「天籟雅集鼓書場」。右邊是一個豐腴婦人的半身照，微笑著向右方斜斜地望，滿足現狀的笑；左邊是三只堂堂大字「章翠鳳」，下面是「日夜演奏，北方書場」，還有「日場三時，夜場七時半，地址西藏中路二四二號」。寧靜想可惜沒有錢，要不然倒可看一場。節目單的下半小截是「中亞織造廠門市部」的廣告：「專售各種大小被單，各種大小毛毯、各種大小枕頭……」

寧靜笑起來，這樣看法兒，眞要發神經了。她到黃埔江畔躑躅了一個下午，甚麼都不想，光看著匆匆路人袂梢裾底的上海風日。黃昏時分，她雇三輪車回熊家。路很長，從夕暮駛入黑夜，簸簸頓頓，教人想到乖蹇半生，最後仍是獨自一人睜著眼睛走進黑暗裏去。她只希望永遠走不到盡頭。

她叫開門的老媽子付錢，拖拉著腳步踏過院子，聽到蟋蟀叫。她和爽然，竟完不了鬥鬥蟋蟀的心願。屋裏聚了一廳人，她正眼不瞧他們，低頭疾步上樓。應生喊她，喊了好幾聲，愈喊愈凶神惡煞。他氣烘烘地衝入她房間。連珠炮似的吼道：「我問你，你跑到哪兒去了。俺們啥都擱下了找你一整天你知不知道。你這也太不像話了，也不想想俺們會有多擔心……」

「擔心個屁。」她嘟噥道。

應生不會罵人，字彙少，句法不變通，一點搔不著癢處。

寧靜懶得理他，長著臉拖出皮箱，打開衣櫃叭啦叭啦亂抓了幾件衣服，坐在床上疊將起來。

應生軟了口氣道：「有啥大不了的事兒你要走？你走到哪兒去？」

「回東北。」

「甚麼？」他坐到她對面道：「回東北？別忘了我們是訂了婚的……」

「咱們解除婚約。」

他嚇了一跳，摁著她的手不讓她疊，道：「小靜，到底啥事兒你說清楚，別讓我不明不白的。」

她毒毒地仇視著應生。這個人，她該爲爽然給他一個大耳刮子。她氣一提，眞摑了，響辣辣的一大巴掌，五條紅烙的指痕，她的手也麻麻地痛著。

他本能地撫著臉頰，呆望著她。

她恨恨地道：「你這樣狠，把旗勝燒了！這一巴掌，我是替表哥給你的。」

她繼續疊衣裳，沒再看他。頃刻，她聽到門響。他出去了。

第二天，應生送寧靜到車站，沒有向其他人解釋，臨走她到王家沙還了錢，買了兩隻金華火腿。應生跟她說，他在上海等她回心轉意。

沒有人想到寧靜還會回來，她自己也沒想到，而且那麼快。衆人猜是小倆口兒嘔氣了，她脾氣又倔，回來倒不是奇事。只是她一個女孩兒，大老遠的從上海到北平再到瀋陽，膽子之大，夠唬人的了。

清秋天氣，寧靜鼻子吸吸，嗅的全是大漠金風，黃甘黃甘的，吹著她長大的，一草一木，都和她有過承諾誓盟的。她聽過的，看過的，仍然和她息息相關。還有她最親的，爽然和周薔，一個還在——一個不在了。

寧靜去撫順看爽然母親，送她金華火腿。林太太很是驚異，迎她進去坐。一院子的黃葉滾滾無人掃，外面的初秋，這兒是深秋了。

林太太比起以前見老了，家道反覆，是能教人衰竭的。她喊寧靜坐，廚房裏燜牛腱要看火。她出來的時候帶著毛襪子和針線盒，笑道：「好了，咱們嘮嗑兒。」

「林老伯呢？」寧靜道。

「和朋友出去找樂子去了。」她絨線瞄準了針眼兒，穿過去了，補起襪子來，笑問，「新姑爺待你挺好吧？」

「挺好。」她說，等林太太先提爽然。

林太太果然道：「爽然這孩子，這麼久都不來一封信。」

「他還在上海？」寧靜乘機問。

林太太搖搖手，補一針道：「三月就到美國去囉！他說想出國留學，他舅舅就給錢讓他去了。」

原來他已離開她那麼遠了，她虛虛地想著，不太能具體地尋思是怎麼回事。她在地圖上看見過美國，很大很大呢。

「他……他和素雲……一塊兒去的？」

林太太甩手擺腦的，夾著針漫空戳著道：「不幹呀，說甚麼也不願意娶素雲，把老頭子氣得火冒三丈，兩父子吵得臉紅脖子粗的，到底沒結得成。」她乾脆放下襪子道：「爽然向來是不喜歡做的，不拘怎樣都不依，老頭子偏偏和他硬碰硬。當初爽然和素雲訂婚我就不贊成，小孩子才多大，哪兒就定得終身大事？還不是陳老頭兒起的哄，看他倆兒挺要好的。訂婚那晚上爽然溜了，老頭子把他抓回來，那個打呀，差點兒沒讓他給打死。」說著林太太拍拍胸口，猶有餘悸。

她看看寧靜，道：「現在不作興父母之命那一套囉，婚事兒最好讓小孩子自己決定。沒法兒，老頭子不聽我的，硬說素雲等了爽然十多年了，不好白白耽誤了人家。屁，鬼才信，我聽人說，剛抗戰勝利，素雲搭上了一個國民政府的官員。你知道，那時候大姑娘嫁給國民軍的多得是。哼，讓人家當傷風的鼻涕——甩了。後來爽然回來了，死乞白賴地不放。」她拿起襪子要補，提不起勁兒，又放下了，歎道：「我倒願意你做我的媳婦兒，爽然偷著告訴我要和你結婚，偏偏你沒答應。」

「甚麼？」寧靜奇道，心急跳起來。

「爽然沒跟你說嗎？那可奇了。他眞的沒跟你說？」

寧靜咬著唇，搖搖頭。

林太太道：「旗勝燒了的那一陣子……哎呀，說起旗勝我就氣，爽然跟我說，是熊家那兩個王八羔子幹的好事兒。失火那一天唄，兩個人藉故走了。好像是其中一個欠旗勝錢……我也不大清楚。我要到熊家理論的，爽然說甚麼也不讓我去。那兩個男孩子自小兒就好整他，這一遭兒可把爽然給整慘了，爽然那孩子又是個老實頭兒。」她說得聲淚俱下，用袖子揩揩。

寧靜看她岔開去了，一時不好意思打斷她，這時也管不得了，道：「旗勝燒了的那一陣子爽然怎地了？」

林太太回過神來道：「病了唄，病得折騰來折騰去的，老頭子不通氣兒，要他去瀋陽，回來病得更重了，怕你等他，叫我到東九條去告訴去，我去了，找你不著，留下話兒了，老媽子沒告訴你嗎？」

「我沒回去。」寧靜道。

「哦……爽然那一病病了很長時間呀，病好了那個瘦呀，剩下皮包骨頭，說要養胖了再去找你，要不然你又要不高興，頓頓兒吃得撐撐的，唉，哪裏就能胖？我說你再不去人家都嫁囉，他才去了，開心得了不得，說要向你求婚……他眞的沒跟你說嗎？」

寧靜只是一串串任那眼淚流。

林太太看她不作聲，又喋喋地道：「唉，回來就鎖在房裏不出來，說甚麼也不出來，等他出來了，不吃東西，也不說話，我急得掉了魂似的……」她禁不住嗚嗚地哭起來。

寧靜很是驚痛。她想設若當日爽然和她說了，她一定毫不考慮地和應生解除婚約。可是如今，好像嫁給誰都無所謂了。

「哎呀！」林太太驀地嚷起來，道，「你瞧我多丟三落四的，爽然留給你一封信，囑咐我見到你就交給你的，眞是，嘮了這麼久才想起來，要是忘了可糟了。」她抹抹淚進去拿了。

寧靜簡直像等了一輩子，一顆心跳得快停了。林太太出來把信給她，她抖得控制不住，待拆開了，又抖得幾乎沒法看。

信封裏附有兩條頭繩，原色約莫是淺藍，洗得泛白了，爽然的信這樣寫著：

小靜：

這兩條藍頭繩，我揣在懷裏很久了，一直忘了給你。記不記得那年逛元宵，你和素雲吃元宵，我離開一會兒，騙你說去買凍梨？其實我是去買這兩條藍頭繩，開春媽洗我的袍罩，竟也沒發現。藏在袋裏那麼久，真像歷史一樣。方才把你那闋詞掏出來，順手也掏出這副藍頭繩，我本可把這封信直接寄給你，但我又不能肯定是不是真想你收到這封信，如今這封信，能不能到你手上，只看天意了。

爽然

她不哭的。她現在已經學會不哭了，光是流淚，一大顆一大顆地流；淚流乾了，她欠這人世的，也就還清了。

這時候的東北，八路軍鬧得很厲害，長春被圍，連帶瀋陽也供應短缺；風吹里衖，也吹來一些瀋陽被圍的傳言，但那還是很遙遠的事。一般人都認爲只是土匪造反作亂，不久會撤去的。但是地方上的官員逃了不少，富有人家，尤其是地主，都暫時避到北平或南方去。

寧靜看自己父親沒啥動靜，暗裏著急，問他好幾次，他都推說：「走啥呀走？走到哪裏去呀？我不怕。」她也並不是怕，誰也沒法預料情形會壞到甚麼田地。她只擔心土匪會進城殺人，她不能死，她死了，她一輩子也別想再見爽然了。這期間，應生的信一封緊接著一封，向她道歉，催她南下，告訴她現在上海只剩他了，潘惠娘回印尼去了，他們在香港，不會受任何人的干擾，結婚的時候，熊柏年可以作主婚人，寧靜想這也是一條路，出去了再說。她不能讓自己有萬一的危險，她得留著這條命見爽然。

這天周薔來向她辭別。周薔的丈夫小宋本是朝鮮人，家裏開麵館，目前經濟每況愈下，局勢動亂，便打算回祖國去。

初冬了，趙家院子灰撲撲的一片塵寰哀意。濁濁暮雲壓著屋瓦，高漲的情緒都低落不自拔。寧靜和周薔並坐在西廂臺階上，想著生離和分散，她們互相知會了；但死別和重聚，她們永遠也不知道。

「不知爾珍怎地了。」寧靜捻著辮子說。

「是呀！」周薔頭髮留長了，每邊綴個淺黃花夾子，好像投錯季節的春消息。她突然碰碰寧靜道：「喂，我講個笑話你聽，我也是聽人家說的。說是瀋陽的運輸機往長春投糧食，有一次把米投到住宅的房頂上去了，把屋頂打個大洞，米都掉到炕上去了。」她說罷嬌笑著，寂靜裏分外清脆。

寧靜掩口笑了一會兒，站起來，撣撣衣上塵，走下臺階去。她陡地轉身仰臉問道：「你下星期一就走？」

周薔望著她俏尖的臉，點點頭。寧靜是第五次這樣問了。

「到大連下船？」

「嗯。」

周薔走了，只剩她一個了，寧靜想。她顫著聲音道：「周薔，我眞有點怕。你記不記得，我族裏的六叔，就是抗戰剛勝利沒多久，八路軍打俺們三家子經過，讓他們給槍決的。」她突然跑回周薔身旁坐下，興奮地說：「我跟你們一道到朝鮮好不好？」

寧靜原以爲周薔會很爽快地答應，誰知她猶豫道：「我當然求之不得，可是我老婆婆和老爺恐怕會有意見。」

寧靜定下心來一想，實在也是。她跟周薔去，人家就得供她米飯，十天八天沒問題，長遠下去，人家不嫌，自己都要不好意思。別說家境小康的，就算家財萬貫，也不見得能毫不計較。

周薔又道：「而且你到了那邊，一個親人都沒有，人地生疏，語言不通，將來的日子怎樣過？」

寧靜吁一口氣，走到院子中央，一抬頭，一隻灰鴿撲翅掠過。

她跟趙雲濤說，應生催她南下到上海與他會合，她答應了。趙雲濤自然爲他們小倆口兒和好如初而感到欣慰，一面卻歎說寧靜是走星造命。寧靜寫信給應生約好日子，連接而來的便是話別和等待。

她這次離開，比上次抱著更大的希望。因爲這次是爲爽然，上次卻不爲甚麼，雖然她這希望是那麼遙遙無期。

寧靜臨行的前一天，是個冬日晴天。因爲她將要啓程，趙雲濤喊她多休息，好有精神上路。她坐在偏廳裏，手裏一本《紅樓夢》，是爽然買的那一冊，兩腿直直地往前平伸。她念著念著，忽覺臉上一暗，抬眼一望，竟是爽然進來了，背著光，他瞇睎著眼瞧。因爲陽光太烈，她只看見輪廓，細節全看不見，彷彿只是爽然的影子來了，他的人卻沒來。她一陣昏眩，只覺爽然往下倒、往下倒，但他仍站在她面前。她迎上前去。也只是一個影子而已。爽然說話了，她用盡心力去聽，怎樣都聽不清，耳畔老是嗡嗡響。後來他牽她的手，領她出去了；兩個影子，不住地地飄著，飄著，飄遠了，成了天際的兩粒小黑點兒，最後連小黑點兒亦消失了，晴空朗朗的照在天上……

她一夢醒來，《紅樓夢》掉到地上了，踏出院子，卻是正午時候。她垂首一看，影子不在，已經隨爽然走得很遠，很遠了。

第三部
卻遺枕函淚

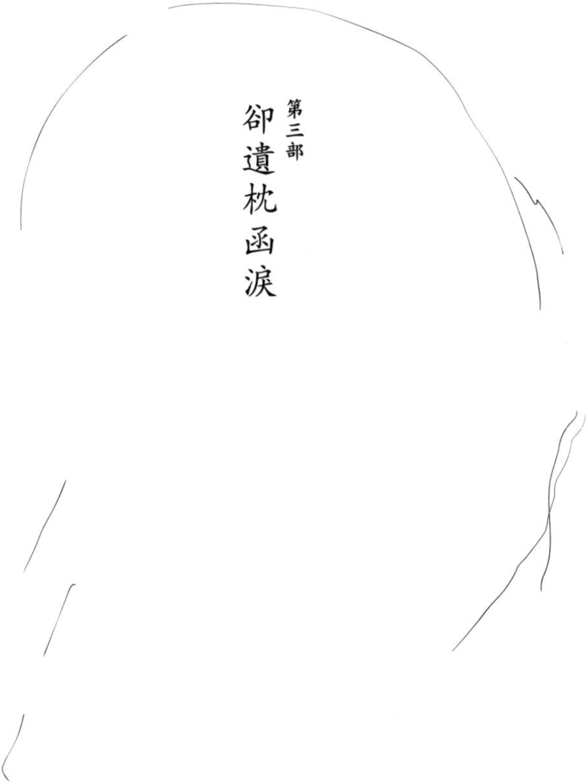

寧靜打先施公司出來，天正下著大雨，她一時無備，沿街截計程車亦截不到，想想春來堂中藥行就在附近，便冒雨走了去，希望碰到應生在，現在接近下班時間，司機準會來接，可以把她也接回家去。

到了春來堂，她那套淺粉紅撒金旗袍外套，已被淋成殷殷桃紅。上過寫字樓，都說熊老闆在店面賬房。因天陰關係，春來堂早早上燈，黑白地磚映著白白的日光燈，暗裏進來，只覺黑瞳白眼嚓嚓閃，撲面眨來，店裏有一位男顧客，背向她，斜倚櫥櫃，正在付錢。

見到她，店員紛紛招呼一聲「熊太太」，那男顧客卻未爲所動，她頷首微應，提步往裏面走去，順眼瞥一瞥他，這時他已立正身子待走，側臉一動，她立刻怔一怔，覺得好生眼熟。經過他身後，卻聽見店員的聲音：「喂，喂，這位先生，還沒有找錢呢！」她不由自主地回過頭去，那男顧客也轉過身來，瞬即成了她的鏡子，照著和她一樣的神情、眼光和往事。

寧靜旋過身來面向他，幾乎要落淚。兩人都講不出話來，連旁邊的店員都啞了似的。寧靜稍稍恢復意識，想著到底在丈夫店裏，不能旁若無人，便掛張客套笑臉，道：「好久不見。」聲音都變了，她自己也聽出來。勉強跨前兩步，示意他到外面講。兩人並肩出店，那店員卻忠於商德地追了上來，「先生，錢。」

他隨手拿了，連謝謝都忘了說，又隨手把錢塞入褲口袋裏，手卻留在裏面不出來了。另一隻手攫著藥包，散漫地拍著腿側。「眞想不到！」他鼻孔裏哼著氣笑說了這句話。

雨勢大起來，行人道上水淹似的，路邊的鐵欄杆也在淌水，反正整個世界都淹著水，而人的眼淚也是水。寧靜眞的哭了，悄悄擦去了一滴。他一直低著頭，沒有看到，褲袋裏的手回到外面來了，把頭髮向腦後撥一撥，苦笑道：「我老了，老很多了。」他是老得多了，一見面她就發現。頭髮已經半白，還好不禿。她記得他以前的皺紋只在眼角那裏，如今散佈開來，整個人乾瘦掉了。「你還好，沒怎麼變。」他又說。她想他也只有講這些泛泛的話，無可奈何，歎了一口氣。

走到街角，擠滿了避雨的人，前面再沒有樓簷了。他把藥包攢入西裝袋裏，免得淋濕。寧靜看見了，問道：「你生病？」

「沒甚麼，有點感冒，買兩帖藥試試。」他看看錶又道：「咱們找個地方吃晚飯吧。」

他們過了馬路，進了一家綠楊邨飯店。店裏人滿，他們站近門口等，可聽到外面雨聲嘩嘩的，裏面又人聲嘈雜。他貼近她的耳朵問：「你甚麼時候來香港的？」

她湊前道：「快解放的時候。你呢？」

「五年。」他頓一頓又笑道：「兩人在一個地方那麼多年，到今天才碰面。」

「我住在香港島，不大到這邊來。」

他點點頭，店伙來告訴他們有位子了。

點了菜，他又道：「你住哪裏？」

「香港堅道附近。」她說。

「哦，那是半山區……」說著手一揚道：「我就住在這裏附近，西洋菜街，聽過沒有？」

她歉笑著搖搖頭，把一杯茶擰得在桌上團團轉。

「過得好嗎？」這句話他忍了很久了。

她抿著唇不答。他端起杯子喝了一大口茶，道：「這句話問得不該？」

寧靜抽一口氣道：「沒有甚麼該不該的，日子也沒有甚麼好不好的。」這樣等於沒有說，他不響了，故意用指甲敲桌，敲得剝剝響。瞅瞅他看，老了，愈發的孩子脾氣了。他又左顧右盼，看看菜來了沒有，這一望倒眞把菜望來了。

他執起筷子，卻不吃，讓筷子站在左手食指上，微仰著頭呢噥道：「幾年了？」隨即甩甩頭歎道：「懶得算。」

寧靜卻聲音平平地說：「十五年了。」

「東北話都忘光了。」他說。

「廣東話卻沒有學會。」剛才他點菜，她就聽出來他的廣東話最多只有五成。十五年，算來他已是望五十的人了。她黯然低頭，趕緊扒兩口飯，飯粒鹹鹹、濕濕的盡是她的淚水。

他問她要不要辣醬，她不敢抬眼，沒理他。他看出來了，不作聲，在自己的碟子裏加了點，道：「春來堂我常經過，卻萬萬想不到是他的。」這個「他」，自然是指熊應生。

「他可好？」

寧靜提高了聲音說：「他有甚麼不好的，娶妻納妾，置地買樓，風光極了。」

他「哦」一聲，拖長了，好像有所玩味似的。

「有沒有孩子？」

「他有，我沒有。」她說。

他沒有問原由，她卻想起了千般萬種。當時堅拒給熊家生子，原就是爲了守著對面這個人，以至熊應生決意納妾。這種話，在相逢異地的此刻，自然是不宜提，更不必提的。

寧靜還是很激動，他卻好像沒有甚麼了。吃得很多，吐了半桌的菜屑和骨頭，剔牙說：「我就是不能吃菜，牙不好。」說著扣扣上顎兩邊：「這裏都是假的。」

寧靜挾兩筷菜道：「奇怪，人過中年，總是會發胖的，你反而瘦了。你瞧，我肚子都出來了。」她摸摸微隆的小肚子，嘴角有一種溫飽的笑意。

「我勞碌奔波，哪能跟你養尊處優的比？」

寧靜皺一皺眉，放下筷子道：「爽然，我本來不跟他的。」她的意思是當時她南下廣州，還並沒有本著追隨應生之心。

爽然誤會了，以爲她是指她負情另嫁這回事，便道：「那也好，至少他成就比我高得多。」

她自顧自說：「我一個人，實在也沒辦法。」於是她告訴他怎樣與熊應生在上海會合，到廣州住了一段時間，最後到香港定居，熊家仍舊經營中藥行，又在新界廣置草菰場，生意愈做愈大。生意做大了，希望承繼有人，應生便納了妾，名字叫金慧美的，有兩個兒子了。寧靜也有略過不提的，比如她在熊家的地位日益低微，獨居別室，與熊家儼然兩家人似的。

她不說，他也猜想得到。撐著頭端詳她，只見她臉上的肌肉都鬆弛了，會給人一種發福的感覺。

「家裏都好嗎？」他問。

「父親過世了，只剩下阿姨和小善，還在東北，現在按月匯錢給他們。小善大了，還算懂事，常和我通信。」她歇一口氣又說：「你呢？」

他苦笑道：「我都老了，他們怎會還在。」

寧靜望望門外，街上都漫上夜色了。門邊蒸包子的廚師把籠蓋一掀，白蒸氣熱呼呼的冒得一天都是，倒像是最後的白天的時刻也讓溜走了。她想起以前在東北和爽然在小洞天吃餃子的事來。她已經很久不想這些了。

「要不要上我家坐坐？」他問她。

「不要了，晚了，改天吧！」

「好，我晚上七點過後總在家。」他在美國念的是工商管理，現在在中環的一間貿易行任職。

他給她留了電話，說：「有空打電話來吧！」

兩人就這樣分手了。

次日寧靜果眞去了，爽然下樓接她。他住在四樓，進門一隻小白色鬈毛狗繞著寧靜的腳踝使勁嗅，爽然用腳面架起牠身子趕牠，邊道：「阿富，別淘氣，去，去！」又笑向她說：「房東的。」她笑一笑，隨他進房。她原料必會積滿衣服雜物，誰知馬馬虎虎還算整齊。

他笑道：「你說要來，我剛打掃的。」

她看見衣櫃門縫裏伸出一角毛巾，手癢把門一開，裏面衣襪煙酒等東西糾作一團，她忍不住笑道：「都打掃到衣櫃裏來了是不是？」說罷合手一抱道：「讓我替你弄弄嘛！」

爽然正在倒茶忙搶了下來：「不行，不行，你是戚兒。」

「你但願我是？」她盯著他說。

他望著她，衝口道：「我但願你不是。」

寧靜抱回衣服，坐到床邊慢慢疊，道：「你喝酒？」

「一點點罷了。」

「也抽煙？」

「抽得不多。」

「那，這是甚麼？」她指著一缸滿滿的煙灰煙頭。

爽然朝那方向望去，解釋道：「昨晚上稍微抽多了點。」

寧靜想大概是再見她，心事起伏，無法成眠，才抽多的，也不再問了，喟歎一聲道：「我想了整晚，失去的不知道還能不能補回來。」

「不可能的。」爽然一句就把她堵死了。

她卻不死心，又說：「世事難料，就拿我們再見的這件事來說，不就是誰也料不著的嗎？也許……」

「小靜，」爽然沒等她說完便說：「我們年紀都一大把了，過去怎樣生活的，以後就怎樣生活吧。」

「不快樂也不去改變嗎？」她低聲問。

他不答，忽然惱怒地說：「其實我們爲甚麼還要見面？」

寧靜怨目望望他道：「我以後不來就是了，你何必發火呢。」

兩人都沉默了下來，直到寧靜離開，都沒有怎樣說話。

說不來的，她第二天倒又來了，連電話都沒有給他打。爽然正要開口責怪她，她卻搶先說：「我反正閒著無聊，你就讓我來吧。」他也不能再說甚麼了。

她一天一天來了，爽然一天比一天地不能拒絕，後來乾脆約在中環等，一起到他家。有時候寧靜先來，到旺角市場買一些菜再上他家，漸漸與房東一家和阿富都混熟了。晚上寧靜並不讓他送。他上一天的班，身體又不好，往往十分勞累。她這樣天天夜歸，熊應生沒有不知道的，但她的事他從來不聞不問，就是知道了，吵兩架也就完了事兒。爽然卻隱隱有些擔心，怕一旦情難捨，而又不能有甚麼結果，會變得進退兩難。他更怕萬一寧靜死心塌地要跟他，她半生榮華富貴，會轉眼成空。

她一直催促他找新房子，自己也幫他找，總說：「你又不是沒有錢，怎麼不找好一點的地方？這裏狗窩似的，怎麼住得下去？」他的搪塞之詞總是：「沒有餘錢，都寄到鄉下去了。」直到有一天，寧靜發作了，說：「你不為自己，也為我想想，老要我長途跋涉的來看你，你於心何忍？你好歹為我做一件事。」他點頭答應了。

爽然的心臟和肝都有毛病，常覺困倦，和寧靜出外逛也容易露出疲態，弄得她意興索然。這幾天卻是她不舒服，到禮拜天早上才上他家，他還在睡覺，差不多正午了，才翻身翻醒看見她，搔搔頭打個呵欠說：「幾點了？」

「十一點五十分。」她看看錶答道。

他使盡全力伸個懶腰，滿足地歎道：「累極了！」沉吟一下又說：「『對了，我買了兩張《狀元及第》的票子，時間差不多了，現在就去。」

她想不到他有這樣的興致，便附和他樂起來。百老匯電影院很近，兩人步行而去。這時已是入夏時分，人們單衣薄裳，走在彌敦道上，汗濕浹背，都有種袒露形體的感覺；熱氣加上汗臭，特別讓人感到暑熱之苦。

他們買了爆米花進場，看票的人卻粗魯地說：「喂，這票子是昨天的吶！你們不能進。」

兩人細看那票子，果然戳著昨天的日期。寧靜正想離開，爽然卻拉著她往裏走，查票的忙攔阻道：「對不起，這是公司的規矩，票子過期無效。」

爽然瞪大了眼，大聲嚷了起來：「你這是甚麼意思，我明明買了今天的票子，是你們的人搞錯了，關我甚麼事，我難得看一次電影，你這算甚麼態度……」戲院大堂圍了一圈旁觀的人，有的上前勸解，站著的人都說「有事慢慢講」。爽然仍舊兀自亂嚷，也嚷不出甚麼名堂，只一味強調「我難得看一次電影」，手裏的爆米花迸了一地，讓圍觀的人踩得嗶哩剝落響，還有已經進場的人跑出來看，寧靜尷尬得臉都發燙，上前拉又拉不住，急得只顧喊他的名字。最後有人把經理找出來了，經理矮矮胖胖客客氣氣的，問明原因，向爽然賠罪道：「對不起，大概是我們的人弄錯了，誤會而已，誤會而已，眞是不好意思。」隨即打發人去搬兩張椅子，擱在最末一排座位後面。

片子已經開場，爽然愣愣地捏著只剩半包的爆米花，也不看。寧靜以爲他還在生氣，低聲數落他道：「你明明自己不小心買錯了票子，還一味怪人家，發那麼大的脾氣，多不好看。」

他瞧也不瞧她，聲音冷冷地道：「你那麼嫌我，就不要黏上來。」

她氣得呼吸都急促了，轉臉看他，銀幕的雪光射在他臉上，眨眨閃動。那是一張冰凍的臉，寒氣襲人的，可以把她也凍成冰。她心一軟，把一口氣嚥下去了。想他不過要給她一個意外，讓她高高興興地看一場戲，出了岔子，他臉上下不來，惱羞成怒，也是常情。這些月來，他暴躁的脾氣，尖刻的言詞，她都趨於習慣了，也不知嚥下了多少口氣。

過一晌，她試著逗他，道：「你記不記得以前我們玩升官圖，總是我當狀元？現在戲裏演狀元的鈕方雨，也是個女的，可見我們女的比你們男的有作爲。」

「那當然。」爽然道：「你們可以理所應當地仰仗金龜婿，沾他的光；我們若靠太太提攜，難免受人家恥笑。」

這一口氣她可憋不下，咬一咬牙，豁地立起身，反身就走。爽然後悔不迭，握住她的一隻手，好一會兒，啞聲遲疑地說：「小靜……我老了，脾氣不好。」

寧靜一陣心酸，跌坐回去，哭不成聲。他在暗裏牢牢握住她的手。

這一天，她沒有和爽然約好，預備早來買一些菜，臨時卻改了主意，先繞道至花園街。多年前，她聽一個朋友說過，這裏的一個寺院裏有卜卦算命的，靈得很。近來和爽然大吵小吵，和應生也大吵小吵，實在不知未來如何。她相信迷信也是一種把持。

寺院前殿靜無一人，寧靜四下張張，並不見任何卜卦算命的攤子。正疑惑間，一個身著黑袍的胖大和尚出來了，看見她顧盼的樣子，上前問道：「這位施主，來上香？」

寧靜道：「不是，這裏不是有一個卜卦算命的攤子嗎？」

「哦，那個攤子呀，早就沒有囉！」

寧靜惘然若失，挽一挽手袋，正欲離去，黑袍和尚又發話了：「施主必定在那裏算過，如今仍舊找來，也算是有心人。貧僧也略通一些面相之術，施主不嫌，可以贈你兩句。」

她眼睛都亮了，欣然道：「大師請說。」

「施主晚年無依，未雨綢繆為上。」

寧靜悚然心寒，只一霎，便強自鎮定，依禮問道：「大師法號……」

「善至。」

「多謝大師。」寧靜謝畢，步出寺院，陽光炎烈，她的心卻一陣涼似一陣，也無興買菜，直上爽然家。

她仰躺床上，凝視著桌面爽然的照片。這房子方向不好，才到下午，已經十分陰沉。她想把相片拿來細看，又懶得起來。那是爽然在東北照的，淡黃了，專司浸蝕回憶的黃，從濃而淡，好像要把整幀相片浸蝕掉。回憶應該不是沖淡的，是浸蝕的，她想。相片裏的爽然是笑著的，黑密的髮，齊白的牙，還有陽光，但裏面的晴天出不來。在這裏她只覺得陰冷。

和爽然共同生活，是她唯一的心願了。當初似乎不可思議，然而思量之下，希望還是有的。天天夜歸，是存心挑起應生的反感，俟機提出離婚；更好的，是逼他提出，她好向他討贍養費。跟了他那麼多年，甚麼都得不到，撈個十萬八萬，在他不過區區數目。而且他眼中心中，早就沒有她這個人了，協議離婚是不難的，這番心情，她不便與爽然明說，何況他一直有些推搪之意。她對爽然，自不是當初熱騰騰的一片愛意了，十五年後，到底是怎樣一種感情，她自己也不可理解，以前是斷人腸的，現在卻磨人腸。

追隨爽然，她有更充分的理由。在熊家獨居冷宮，長此下去，必不得善終。想到此處，她心裏突地一懍。這麼說，善至大師給她的贈言，竟是好兆頭了。「晚景無依，未雨綢繆爲上」，當是指經濟環境。如果她始終留在熊家，經濟環境不可能發生問題。不得善終，不過是抑鬱而死。爽然不同，他有病，會比她早死……這樣未免現實了些，然而，她卻悠悠地感到幸福的快意，渾然不覺來勢洶洶的情海波浪。

人一興奮，身子也輕了，她一蹬腿下了床，站到衣櫥鏡前，照照到底哪裏長壞了，叫她晚年無依。鼻子短了？人中短了？下巴短了？看那和尚的派頭，也很像一回事，說不定就是以前卜卦那個人，如今不幹那洩漏天機的營生了。

她又想，爽然這種年紀，沒有她，今生再無結婚之望；一個人不結婚，才眞會晚景淒涼呢。胡思亂想間，忽然「啪」一聲，燈亮了，爽然在鏡裏出現，負手笑說：「照照照，窮照個甚麼勁兒，燈也不開，也不知道是不是眞的看見了。」

他偏著頭，欣賞她鏡上的臉。寧靜臉一紅，偏身走到房門處，把燈掣往上一推，熄了燈。她反剪著手搭在門鎖上，瞅著他笑。她喜歡在暗裏看他，輪廓還是從前一樣深峻。他已經禁不起光亮了。

他踱到她跟前，笑道：「幹啥呀？」

她嫣然道：「我沒有煮飯，咱們出去吃。」隨即開門翩然而去。

他們在一個有名的「大排檔」坐下，要了兩碗魚丸米粉。攤裏眺出去，漫街有許多半老婦人蹲在路邊在鐵盆裏燒紙，一簇簇熊熊火焰，像一座座爆發的小火山，火光映得柏油路上彷彿胭脂留醉。爽然問寧靜道：「今天是甚麼節日，那麼多人燒紙呢？」

正值老闆把米粉端來，插嘴道：「盂蘭節嘛，今天。」

「哦，今天是舊曆七月十五。」爽然道。

「對呀！」老闆朝他一笑，又說：「慢慢吃。」便走了。

寧靜舀了一匙辣油澆在粉上，好像碗裏也燒著一簇火。她說：「我們老家作興放河燈，我也給我媽放過。」

提起老家，爽然未免感傷，怔忡了一會兒才起筷。

這時有一群人談笑著橫過馬路，看模樣像吃晚飯兼談生意的商人。寧靜輕呼一聲：「應生。」

爽然馬上回頭，一壁問：「哪一個？到底是哪一個？怎麼我看不出？」

她急扳他的肩道：「喂，別使勁盯著看了，當心他把你認出來。他發胖發得不像話，你當然認不得了。」

爽然也不願意見他，卻故意慪她道：「你那麼緊張幹嘛？怕他看見我，丟你的臉？」

寧靜一口粉剛下喉，差點噎著，氣道：「你一天不找架吵就不安心是不是？」

他吃米粉吃得唏溜呼嚕地只不答辯，寧靜又說：「我只是怕他給你難堪，你想自討沒趣，儘管找他好了，我不管了。」

爽然豎著筷子道：「我開玩笑罷了，你怎麼那麼認眞？」

「你這種玩笑開得太大了。」

還有一層她沒有說。要是應生知道了她與爽然的事，離婚之計，或會橫生枝節。

她有點心煩，澆辣油不當心，澆了一滴在襟上，問爽然借手帕。

他看著她，用手帕裹著手指頭，在那一滴油上摁了摁又擦了擦。她今天穿青灰旗袍，滾黑邊，素淡可人，頭髮鬆鬆地綰成一髻，美人尖清晰地把額頭分作兩邊。她這一向是瘦多了，回復以往單薄的線條。年紀關係，兩顴長出一些棕黑斑紋，然而不大影響她的白皙。

她覺到他的目光，舞著手帕在他面前晃，他接了，她繼續吃米粉，吃完了，托腮瞪著那火看。爽然笑道：「我可不敢看，看得金睛火眼的。」

她微笑一笑，低頭把湯也喝了。

一個月後，寧靜替爽然在灣仔找到一間向陽套房，挨近菜市場的。灣仔多的是斜坡窄巷，菜市場那條街，一路走下來不覺得，回頭一望，確是一條羊腸小徑往下迤邋，彷彿從天上搭一道梯走下來，很有點天險的味道。巷道那樣窄，兩邊的招牌幾乎碰在一起，多是紅白兩色。寧靜本可中午也約爽然一塊兒吃飯，然而她讓開了，讓爽然與同事打打交道。爽然要是下班有甚麼應酬，便打電話到家裏來，說不回來吃飯了，而她眞是他的主婦。她一個人，也會覺得長夜難熬，比不得在熊家總有些不論巨細的瑣事冤屈氣招她著惱。難爲他一個人過了那麼多年，她想。

她記得當年在東北，總是爽然來看她，她對他外面的事幾乎無所知，她就是他泊舟的港灣。如今反過來了，他是她的港灣。港灣對海洋上的事亦毫無所聞。

她不大與爽然逛街，怕碰見熟人。熟人有，朋友她卻沒有。就是當初隨應生在商場上認識的幾個闊太太，亦並無往來。她的地位讓金慧美替代了。一個人失勢，自然就沒有人附勢。

下午到爽然家，她都先買一紮花。薑花、蘭花，或玫瑰。玫瑰她只喜歡深紅。在花上濺潑一大掬水，露珠晶瑩，添上秧綠的藻荇，新鮮豔烈的。叫房裏也少一些暮氣。

對付應生，她已擬好一套說辭，所以每天午後就出去，風雨不誤。她唯恐她是一廂情願，但那一次，她印象最深切。

那一陣子她經常失眠，給中環的一個西醫診治，開了藥。那天中午她去拿藥，下著雨，坐的是電車，沒有窗玻璃，冷得只縮作一團。她無意中看見爽然在對面街上，沒有帶傘，過馬路捧頭捧臉跑著過，剛好電車臨站停車，她一衝動，匆促下車，也沒留神馬路，張開傘就朝爽然奔去，爽然看見她了，緊向她搖手，她還沒領會，就聽得一聲刺耳的巨響，一輛轎車在她身邊刹住，離開僅有一二寸。她呆呆地立在那裏，司機伸出頭來破口大罵，兇得像要跑下來揍人。她餘悸未了，不知怎辦，仍舊顫巍巍地朝爽然走了去。那是在廊簷下，不需要撐傘了，她卻仍把那灰格藍邊的傘遞到他頭上去。她看出他也嚇壞了，臉青青地望她半晌，攬著她的肩走，手抖個不停，但是攬得她那麼緊，恨不得把她嵌在自己身體裏才好。那種感覺她一輩子都不會忘記。

十一月的一天，爽然不舒服，有點咳嗽，請了病假，寧靜很早便來了。房東一家上班的上班，上學的上學，只剩他們兩人。爽然半躺臥在床上，看著寧靜替他打掃房間。她忽然想起甚麼出去了，頃刻端著一漱口盂的水進來擱在桌上說：「開了一晚上的暖爐也不用水潮潮，乾死了。」說完抹她的窗臺去了。抹著抹著，她倚頭看看，笑道：「今天陽光倒好。」便沒有下文，一逕抹抹拭拭，抹完出去把布洗淨了，折回門口說：「我去買菜。」

爽然坐起來道：「我也去。」

「你也去？」她臉上浮出一絲喜色，轉念又道：「還是不要，外面冷，你又有病，回來病加重了就糟糕了。」

他已經在脫睡衣鈕釦，道：「算了吧，我沒事，昨天晚上八點就上床了，再躺下去我非癱瘓不可。」

寧靜只得由他，出去等他換衣服。

爽然還是第一次陪她買菜，她未免憂心，更多的卻是興奮。他很久沒逛菜市場了，不住瞭東望西。寧靜想買點魚肉，快步向肉食店走了去，轉眼卻不見了爽然，店員問她要甚麼，她說了，一面撐脖子張望。肉食店前是一列菜攤，她隔著菜攤看見他了，也在駐足四望，她高興喊道：「爽然。」他聞聲望來，咧嘴笑了。她覺得他這笑容在這冬日的陽光是新奇稀罕的，不會再有。付了錢，她拐過菜攤，問他到哪兒去了，他說：「那裏有賣鵪鶉的，挺有趣，我看一會兒。」

冬天蔬菜缺乏，寧靜勉強挑了點芥蘭，正在上秤。賣菜的是個相熟的廣東婦人，四十來歲，碩大身材，黑臉膛，一笑一顆金牙熠熠生輝。

她笑問寧靜：「這是你先生呀？沒見過吶！」

寧靜想她怎麼那麼魯莽，笑笑，不言語。爽然卻打趣道：「今天公司放假，特地陪她來的。」

賣菜的笑道：「應該囉，呵，陪太太走走。」

爽然只是笑。賣菜的又說：「給點蔥你。」便彎腰抓了一把，和芥蘭一齊捆了，遞給他們道：「得閒來幫襯啦，吓！」

寧靜走開了，爽然還大聲答應道：「好，好。」及追上她，她用肘彎撞他一撞，白他一眼嗔道：「你今兒是怎麼了你？是不是病瘋了。」

爽然笑道：「沒瘋沒瘋，你放心。」

她心裏是喜歡的。

走到她平常買花的花攤，她問他道：「今天買甚麼花？你挑！」

他指向一叢藍色的蘭花，答非所問地說：「我死了，你就用這種花祭我。」

寧靜噘嘴氣道：「你又說甚麼呆話？」

他不管她，說了下去：「從此以後，這種花取名爲寧靜花，傳於後世。」

雖然他說得嬉皮笑臉的，終究有點蒼涼的意思，寧靜汗毛直豎，拿他沒辦法，只作不睬，逕自揀了幾株黃菊。

回到家，爽然畢竟病體未愈，十分累乏，一聲不響地進房躺下了。寧靜也不去吵他，在廚房忙她自己的，偶爾聽到他含痰的咳嗽，回想他今早的舉動言詞，不禁心蕩神搖。他是默許了。夫妻名分，竟當眾承認，倒比她快了一步。約莫時機成熟了，待會兒得試探一下。

寧靜把剪子花瓶菊花，一應搬到浴室裏弄。好半天總算把花插好了，捧到爽然房裏去，經過客廳卻見爽然在那裏看報，便笑道：「「喲，坐起來了！我以爲你還在躺著呢。」

她進房擺好花瓶，取出圍裙，邊出來邊繫，邊繫邊道：「你不是累嗎？怎麼不多睡睡？」

繫完又到浴室把殘梗剩葉料理掉，替他解答道：「不過睡多了反而更累。」

爽然一直維持看報的姿勢，聽著她的聲音從近而遠，遠而近，不過最後是遠了。眼看她走入廚房，便挪開報紙問道：「你又要忙甚麼？」

她似乎認為他問得奇怪，瞠目道：「燒飯呀！」

「還早嘛！」他說。

「你昨晚上沒吃甚麼，今早又出去逛了一圈，想你一定餓了，不說你，我也有點餓了。」臨進去，又說：「你病也吃不了甚麼，我弄個簡單的。」

做著菜，爽然到廚房來看她，手肘拄著門框，手掌扶著頭。她睞他一眼，道：「看你臉色都是黃黃的，燉點甚麼給你補一補才好。」

爽然不以為然，說：「怎麼？學廣東人講究那些了？」

「那些東西也有點道理。」

「那麼貴的東西，我吃不起。」

寧靜不反應他了，免得他敏感，又吵起來。大概他想到錢的問題。他吃不起，她會供。用她的錢，就是用熊應生的錢，就是看不起他林爽然。他的小心眼兒她都摸熟透了，弄得她也有點敏感兮兮的。

她做了薑蔥清蒸石斑，還有大醬，給爽然下稀飯的。他見她給自己端的是稀飯，問道：「你怎麼也吃稀飯？」

她說：「行了，我也吃不了多少，省得另外麻煩。一個人的飯，只有一個鍋底，你叫我怎麼做？」

兩下遂都不言語了。默默吃了一會兒，寧靜笑道：「難得跟你吃一次午飯。」他笑著點一點頭。她想講一些試探的話，一時想不出來，估量估量，還是吃完飯再作打算。萬一一言不合，驅走了他的胃口，反爲不美。

吃完了，收拾起桌子，她心裏還上上下下的，剝橘子的時候，把那網似的東西都細細撕去，一絡兒一絡兒地撕。

她鎮鎮心神，終於吃力地說：「爽然，其實，以現在的情形，我要離婚的話，是輕而易舉的。」頓一頓，她又說：「應生不會留我的。」

寧靜對自己的家事從來緘口不言，她這一提，爽然立刻生了警惕。

他不反應，使她感到難堪。唱獨角戲，唱不下去的。她只好擺明瞭態度：「你的意思怎樣？」

爽然吐了兩顆橘子核，輕咳兩聲，方說：「小靜，別做傻事。」

被他一口回絕，她簡直應付不了，衝口道：「爲甚麼？」

「我不値得你那樣做。」

他這樣答，她就有得說了：「値不値得，在乎我的看法。現在是我要跟你，又不是你要我跟你。」

她想逃避熊應生，他知道。他只怕這是她希望改嫁他的原因。這些爽然只在心裏過一過，沒有說出來。

「這事情本來很容易，爲甚麼你覺得那麼爲難？」寧靜說。

爽然皺眉道：「小靜，跟著我對你並沒有好處。」

「至少比在熊家快樂。」

「快樂也不會有。」

她又惱又急，說：「你由我老死熊家？」這是近乎逼迫威脅了，她懊惱不已，語氣軟了下來：「你不要怕養不活我，我可以出去做事。」

你能做甚麼，他想。

「我沒有問題的，只看你願不願意。」她說。

爽然道：「不，小靜，我一個人沉就夠了，我不要你也跟著沉。」

「爽然，你這樣的人，我是沒法把你提起來的，我能夠做到的，就是陪著你沉。」

話說到頭了，他沒法辯駁，有點不勝其煩，站起來踱到窗前，久久不動。

她走到他旁邊，昂首凝注他說：「爽然，我對你的感情，本來就是自暴自棄的。」

他的臉上起了一種不可抑制的震動，喉骨不斷上下起落著。

她以爲他被她說動了，眼光中充滿企盼。然而，他說的是：「小靜，我想，你只是一種補償心理，補償你當初……」

「沒有，絕對沒有。」她極力否認。

「好，就算沒有……」他鼻孔裏呼出一柱氣，別過臉來看她，道：「我們這種年紀，要求的不過是安穩和舒適，再也不可感情用事。」

「跟著你，就不會安穩和舒適嗎？」

「不會。」

他又望向窗外，兩手直撐在窗花上。此刻方是正午，下面一律橫街窄巷，沒有甚麼行人，也是寂寞的。他神情裏有一種茫然，聲音裏也有，向寧靜說：「我有病，會早死。」

這句話，她聽了悲慟欲絕，掩面哭起來。爽然像以往一般攬緊她的肩，拍她哄她別哭，聲音再度靜靜響起：「或許，一個人，要死了後，才能眞的得到寧靜。」

今天寧靜和慧美拗點小氣，不到四點就來了。好在鑰匙總是她帶著，因爲平日都是她先來。照理房東的孩子該在家，但他們常到街坊別的小孩子家去玩。

雪櫃裏有備下的菜，不用去買，她閒著無事，找來紙筆給小善寫信。寫信的當兒，爽然打電話來，說公司有事，晚點回家，叫她不必做飯了，叫她等他回來一塊兒出去吃。她連連道好。寫完信，貼了郵票，順便出去寄了。深冬時節，才五六點就暮氣渾沌。她寄畢信回來，覺得異常氣悶，連鞋躺在床上，腦裏空無一物，只聽得房東家上班的都陸續回來了，出去玩的孩子也回來了，繞著屋子奔走笑鬧。雜亂聲中，她聽到一縷琴音，不知是屬於哪個方向的，清越秀細地傳來，其實不過是普通的音階練習，然而，此刻聽來，是那樣叮咚清晰，彷彿是只單單彈給她聽的，又彷彿是天堂那裏的。她不知不覺間睡著了。

睡夢中，她感覺到有人吻她，張眼原來是爽然。她伸手讓他拉她起來，他正俯視著她。房門沒有關，外面的燈光烘托出他的人影。他的輪廓始終沒有變。短瞬間，她有無限熟悉的感覺。

「回來了？幾點了？」她說。

「九點。」

「喲，那麼晚了！」她驚歎一聲，慌忙起來，借外面的光對鏡攏一攏頭髮。

「小靜。」爽然喊道。

「唔？」

「我明天得出差到美國去。」

她停了動作，豁地轉身向著他，道：「甚麼？」

「我明天出差到美國去。」他重複一遍。

她輕啊一聲，聽明白了，有點發怔。事情來得太突然，使她加倍地悵惘。

「怎麼會那麼急？」她問道。

「本來是另一個人去，他臨時有事，換了我。今天才接到通知，所以搞得那麼晚。」

「要去多久？」

「說不準。」他猶豫一下又說：「兩三個禮拜吧！」

「明天幾點飛機？」

「早上八點四十分。」

她又啊一聲，猛然醒悟甚麼地說：「那我得給你理衣服。」說著就要去開燈。

爽然攔著她道：「甭急，我們先去吃飯，回來再收拾好了。」

「也好。」便去披上大衣。隨他出去。

她以爲只在附近哪個小飯店隨便吃吃，他卻逕直截了計程車，到銅鑼灣。

那裏一帶相當冷僻，又是在這樣的冬日夜晚，簡直鬼影都無，只有兩家餐廳亮著燈。

他們進了天河餐廳，爽然叫得非常豐富，寧靜要請，當作替他餞行，他無論如何不肯，兩人爭持不休，最後還是爽然給了。

出得來，夜又深了一層。兩人都吃得熱呼呼的。冷風一吹，有一種說不出的暢快之感。

通往大街的一條道，兩邊的門面皆用木板釘死了的，板隙裏窺覷，裏面黑洞洞的，也窺不出甚麼來。可能以前是商店，他們循步在那條道上走著，漸漸走到了海堤。

黑暗中的維多利亞港，廣漠神秘，叫人懷疑那底下有甚麼可怕的東西，不敢多看。渡海的小輪悄悄地滑過。九龍那邊的海水則是多姿多彩，反映著九龍的霓虹燈光，在這凝凍的空氣裏，彷彿一塊塊不同顏色的透明冰塊。

她穿的是黑緞面繡大紅菊夾棉旗袍，罩著大衣只露出一個領子，緞面微微反著光。他湊近了看，問道：「甚麼花？」

「菊花。」她說，笑著兩手從口袋裏把大衣掀開讓他看，一掀開，又馬上掩住了，說：「冷。」

他靠緊她走，隔著厚厚的衣服，對彼此的體溫都有點隔膜。她把手插到他口袋裏去。兩隻手皆是冰冷的，碰在一起，觸電一般，那寒意很快地沿著手臂傳到心房，兩人都受到震動。而手上的感覺還是切實的，手握著手，膚貼著膚，只覺得是在一起。

到了家，寧靜催他去洗澡，他癱坐下來道：「唉，懶得洗。」

她說：「不洗怎麼行，也不嫌埋汰，明天還得坐一天飛機，想洗也沒得洗，豈不髒死。我去給你開暖爐。」

她去了回來，他依舊坐在那裏，她把換的衣服往他懷裏一塞，拉他起來道：「去，快去，我給你理行李。」

她動作快而有條理地替他收拾，不一會兒，他提著暖爐進來了，在房裏插上掣。她說：「皮箱有地方，你看還有甚麼要帶的，都塞進去。」

爽然四處檢視，搜出許多雜物，把一大一小兩個皮箱塡滿了。

寧靜笑道：「房裏甚麼都不剩了，倒像搬家似的。」

爽然沒有表情，她接著說：「對了，你去美國甚麼地方？」

「三藩市。」他說。

她鬆了一口氣道：「還好，那裏好像不落雪，要不然你一件防雪的衣服都沒有。」

爽然把行李挪到房角，又把機票文件拿出來理一理。寧靜趁這空檔到廚房燒開水，裝了一壺熱水袋，放在被窩裏渥著。待她理完了，她說：「好了，睡吧，明天還得起早呢，被窩渥暖了。」

他脫去睡袍躺進來，兩隻腳正好擱在熱水袋上。寧靜笑問：「暖不暖？」

他笑著點點頭。她待要走開，他探手拉住她道：「要走？」

「關燈。」她笑道。

他才放手了。

她回來在床沿坐了一會兒，看著桌上的熒光鐘，說：「眞該走了，晚了。」

剛起身，他又探手拉住她，似乎不勝依戀，卻又不說話。她想大概要走了，捨不得。

「怎麼的？」她問道。

「你……今晚上……留下來吧。」他說，喉嚨有點哽咽。

寧靜心裏突地一跳，獨獨望著他的眼睛，就是在這黑暗裏，她也能看出他眼中的殷切。她軟弱地推辭一句：「這麼小的床，怎麼睡得下。」

他握著她的手只不哼聲，她低頭單手解了鈕子，對他說：「你得放手，我才能把棉袍脫下來呀。」

他這才鬆了手。她褪了棉袍，忙不迭地躲進被窩。床小，兩人貼得極近。他觸到她豐腴的身體，心中升起一絲滿足。

寧靜拍拍大被子說：「這個要不要帶？」

爽然失笑道：「這個怎能帶，又沉又佔位子，我冷的話會自己買。」他接著又說：「別忘了我是東北人。」

「但你的身體不比以前了。」她道。

他換個話鋒說：「你明天不要送了，有公司的人，見了面不方便。」

「那也是。」

兩人各自想事，都不講話了。

良久，寧靜道：「趕不趕得上回來過年？」

他歎道：「不知道。」被裏把她的手又握又捏，又放在兩手間搓。

「咱們總算一夜夫妻了。」他說。

「唔。」她還要和他永遠夫妻。雖然他表示他不願意她離開熊家，但看他今晚上的不捨之情，就知道他還是愛她的。她不能不作破釜沉舟的打算。索性和熊應生離了婚再說，到時候她無家可歸，爽然不會忍心不收留。她不能不逼著他點兒，他太爲她設想了，所以她才更要爲他犧牲。

兩人偎得更緊一點。

爽然說了最後一句話：「我會寫信給你，你到這裏來拿。」

寧靜側過臉來吻他，吻他的嘴角，吻他的頰，他的顴，他的眼角，唇間澀澀鹹鹹的，是他的淚。

爽然一走，寧靜也不能就此待在熊家，將來和應生翻臉了，說不過去的。因此仍舊把一些閒書帶到爽然那裏看，甚至故意比平常晚歸。房東難免滿心納罕，但人家既是未婚夫妻，男的出差，女的相思難遣，到這裏來寄情舊物，也是有的，便不再理會。何況這女的一派娟秀，十分討好，又出手闊綽，經常買一些餅乾果品給他們家。

熊家是西歐風的複式房子，廊深院闊，門前一帶花徑，種著不同名目的花草。近門一棵大榕樹，直參高天，正好蓋過她二樓的睡房。夜晚起風，望出去葉密鬚濃，挲挲瑟瑟，招魂一般。寧靜每回去總覺得是「侯門一入深似海」。

爽然離開了二十多天的一個晚上，熊應生穿著金緞睡袍，抽著煙斗，大剌剌地蹺腿而坐，在她房裏等她。寧靜一見就討厭，擺甚麼架子款式，還不是活脫脫一個發福得走了樣的銅臭商人。她毫不畏怯，直挺挺地走了進去，順手把門帶上。

戲上演了，他站起，第一句臺詞是：「回來了？」

寧靜木著臉，把大衣脫下掛好，納入櫃中。

熊應生冷笑，發話道：「這一年來你忙得可樂了？」

「託你的鴻福。」她反應快捷地說。

「你到底幹甚麼去了？」他忍不住帶入正題。

寧靜輕蔑一笑，口舌上頭他一輩子也休想贏她。「你有心管的，爲甚麼不早管？」這一直是她的疑團，先把它解了，好對付一些。

應生一時語塞。他本來早就要干涉，都是慧美勸的，萬一誤會了，反而自己落個沒趣。他自然也揣摩到慧美的私心。讓他和寧靜嫌隙加深，把寧靜休了，她好扶正。名爲側，實爲正，當然比不上名實皆正來得誘惑。

他只哼聲道：「我只是給你面子。」

寧靜見他來勢弱了，應聲道：「喲，那我眞是一張紙畫一個鼻子——面子好大。」

應生不欲拖延，搖手道：「好了，別打岔了。你到底是幹甚麼去了？」

寧靜立刻愼重措辭。她不知道是不是有人看見她和爽然在一起，給他打了小報告，他來套她的話的。萬一他打發人跟蹤了她……她心中轉念，說話且不說絕，好有餘地轉圜。

「你以爲我幹甚麼去了？」她先晃個虛招。

他故意氣她道：「我以爲你養了個姘頭。」

這是極大的侮辱，她卻抱手笑道：「那是承你看得起。連你熊應生都不要我，還有人會要我嗎？」這一來連守帶攻，把熊應生也貶低了。

應生氣得吹鬍子瞪眼，沒她奈何，吱呼吱呼地抽煙斗，梗著脖子不說話。

寧靜肯定他確不知情，便道：「好，我告訴你，我找到工作，上班去了。」

這個他也曾料想到，且不發作，問道：「甚麼工作？」

她自嘲道：「你說我能做甚麼？」

他倒認眞地思索一下。聽家裏傭人說，她出入總帶書，難道是教書？不可能。她資歷不夠。而且也沒有見她暑假放假，上學也沒上到那麼晚的。教人講國語，也不對，她講的是東北口音。那麼最像的還是在報館寫文章。她平常愛看閒書，肚裏想必也有一兩篇文章。報館多的是晚班，比較不計較資歷，而且有人在灣仔見過她，她最近又打扮得比以往光鮮了，種種情況湊合到一塊兒，愈想愈像。果眞如此，倒要防她一防。筆鋒無情，萬一她懷恨在心，給他的中藥行來個大抨擊，可不是玩的。雖然她力量有限，然而，將來她文名盛了，說的話有了分量，再打擊他也還不遲。加上他最近接收了一批假的人參鹿茸，要是讓她得到消息，添上一筆，到那時候，局面可不好收拾。

他一個人在這裏想得暗捏一把冷汗，幾乎忘了還沒有證實，便問道：「你可是在報館裏寫文章？」

寧靜心想，他問得太直了，口上卻順水推舟地說：「你猜得一點也不錯。」

他眉毛一剔，又說：「你寫的是甚麼文章？」

「小道文章，不入你的耳目。」

「用的可是眞名字？」

「你放心，用筆名。」

「哪個報紙？」他想看看有沒有認識的人。

她參透了他的心思，乾脆揭發道：「怎麼？想打掉我的工作？」

他表明態度道：「小靜，我勸你把工作辭了，你又不缺錢用。」

「可是我悶得慌。」

他勉強耐住性子說：「你可以找別的消遣。」

她倔絕地道：「對不起，我沒本事，找了十多年了，還沒有找著。」

他轉一轉腦筋，想在錢上逮住她，便道：「你既有工作，我過去給你的零用錢倒是多餘的了。」

「這個你放心，錢嘛，誰也不嫌多。」

應生拿出他的威嚴，說：「夠了，我不想多費唇舌。你還是把工作辭掉，乖乖的做你熊家大奶奶吧！」

「不！」寧靜不打算鬆懈。

「難道你忘了我跟你說過，熊家媳婦兒，從來不許出外工作的嗎？」

「我憑甚麼要聽你的話。」

應生大怒道：「你是熊家人，就得聽熊家的話。」

寧靜馬上見機起義：「就可惜我是熊家人。」

「哦！」應生抽一口煙斗，慢條斯理地說：「原來是這個問題。那好辦，我跟你離婚。」

他想提出離婚，寧靜也知道靠她那一點點工錢，必定養不活自己，光這一點，就可逼她就範。眞的離婚也未爲不可。夫妻決裂，棄婦懷恨，在報上對他的彈劾，旁人只會視爲惡意編造，認爲不足信，那麼就起不了作用了。

寧靜這一邊，心計得逞，歡喜萬分。卻不可露出喜色，讓他窺出她本有此心；但亦不可輕言拒絕，防他一時心軟，臨陣退縮。只得臉色凝重，坐在床上發愣。

他重申舊請道：「你還是把工作辭掉的好，何必把事情搞大。」

「不！」這一聲不，她說得像騎虎難下的樣子。

他以爲她好面子，不肯屈就，便讓她自食其果，道：「那麼，離婚吧！」

「我要贍養費。」她是爲爽然著想，免得他負累太大；而且在應生面前，太不看重錢，也不合情理。他小人之腹，必會起疑。

他想一來她自知外面生活艱難，二來企圖勒索他，不給她錢，在文章裏下工夫。給些錢，擺脫了她，也是兩全之策，又可取悅慧美那邊。

「好。」他爽快地答應了，又道：「數目遲點兒斟酌，我累了。」說畢遂起身離去，開門要走。

寧靜忙說：「我明天就走。」

他捉摸她是沒臉見人，寄宿到同事家，便大大方方地說：「那麼，我們電話聯絡。」然後帶上門走了。

次日一大早，她把東西收拾好，準備到爽然家。可是把行李搬去，房東面前不好解釋。說不得，只好先放在這裏，將來回來取，料那熊應生也不會攔門不讓。一切想妥當，她便先帶一些必需品到爽然家去，等房東下班回來，可以說家裏來了外國的幾個親戚，擠不下，她只得先到未婚夫這裏住幾宵。

到了地方，一室陽光，藍天無極。她安坐椅上。不住為未來的日子計畫著。爽然去了不只三個禮拜，應該快回來了，他一定會為這突變而狂喜。她倒眞的要找一份報館的工作，應生的贍養費，留作孩子的教育費，她和爽然的孩子。她禁不住開心雀躍，找來紙筆，寫道：「一九六五年一月六日，林爽然和趙寧靜……」

正待續下去，卻聽到門鈴響，是送掛號信的郵差。信是給她的，上貼美國郵票。她高高興興地簽收了，急不及待地拆開，裏面只有寥寥數語，說他不回來了，留在美國那邊，叫她不必等他。

她這時才走到房門，一陣暈眩，馬上扶住門框，渾身抽搐，把信捏作一團，眼前甚麼都看不清了。她衝衝跌跌地踉蹌到窗前，兩手死命攫住窗花，一頭撲到玻璃上大哭起來。哭著哭著，聲音都啞了，她望望窗外，藍天還是極藍的，她卻感到絕望。想不到機關算盡，到頭來卻好夢成空。回想爽然臨走前夕的情形，他顯然決念此去不返，她竟毫不知覺。也許根本連出差都是騙她的，他辭掉工作，一個人到美國過日子；也許他眞是自動請調到美國的；也許他是眞的出差，以後再回來，也避她避得遠遠的，從此咫尺天涯；也許他私下寫信到美國求職，事成了再辭去現職……有幾千幾萬個「也許」，但沒有一個再與她有任何關係了。她可以打電話上他公司查，然而，查它作甚。他存心臨走跟她一夜夫妻，報答了她。他到底承認了她是他今生的妻子，那麼她還有甚麼好要求的。

她癡癡地望著窗外。老式的樓房，窗框一例漆綠色，用寬白膠紙對角糊個大交叉，防颱風的。裏面朦朧現出高矮不一的瓶瓶罐罐，較低的一層環築了一長條露臺，也是綠的，一弓弓鐵欄杆像雀籠的支架。欄杆裏搭著破爛的晾衣竿晾衣繩，此外有小孩騎的單車，幾盆瀕死的盆栽，以及其他的拉拉雜雜。說也奇怪，其中一個石盆，竟娉娉嫋嫋長出一枝大紅花，鮮明奪目，想是投錯胎的，以後也就身世堪憐。不久，一個瘦小老婦傴著身子出來晾衣服。晾完一件又進去拿，教人不明白她為甚麼不連盆捧出來。寧靜看她看得入神，只見她慢騰騰地晾一條灰灰的小孩內褲，也不十分灰，彷彿原來是白的，穿髒了。老婦沒有再拿衣服出來，手裏卻捏著一個麵包，饒有滋味地嚼著，邊嚼邊蹲下來俯瞰下面的街景。偶然一仰頭，發覺寧靜在看她，搖搖頭不理會，一逕嚼著，不時翻眼瞟瞟寧靜，好幾次，似乎生氣了，甩頭甩腦地走回屋裏去，再也沒有出來。她晾的衣服各自閒閒地飄曳著。

今天好風，衣服想必很快就會乾的。寧靜的眼淚，很快的，也就乾了。

二〇〇八年補記

車痕遺事

盛世之痕

搖啊搖，到外婆橋。外婆家住東北方，白山之下黑水旁。光緒二十一年生，辛亥之年滿清亡。深閨待字受庭訓，不識五四新文章。纏過小腳又放大，習得廚藝一技長。媒妁之言嫁地主，元配夫人當灶娘。好酒好菜他人享，落得老爺娶二房。年華四十方弄瓦，客死衡陽湘水鄉。不是紅顏也薄命，為誰一生烹調忙。

小時候我若調皮惹毛了母親，一聲「王八犢子！」便毫不客氣劈面招呼過來。後來我才知這句話可釋義爲：「你是烏龜生的。」

牛生犢子雞生蛋，哺乳類牲畜的小兒稱犢子。小牛叫牛犢子，小羊叫羊犢子。可烏龜生的是龜蛋呀！這可叫我相當費解了。東北人罵人偏偏要說「犢子」而不說「蛋」。有一說是因爲東北牛羊多，母牛母羊生孩子的慘烈狀看多了難免要替做娘的出口氣，便左一聲犢子右一聲犢子罵得順口。明明是「滾蛋」，東北人要說成「滾犢子」。明明是「扯蛋」，東北人要說成「扯犢子」。而明明王八生的是蛋，東北人卻硬要說成「王八犢子」。

母親對家裏每個人都有個專用土詞兒。我是「隔路」，脾氣古怪，該往東來偏往西。父親「蔫巴」。蔫音黏，一聲，植物曬乾癟了那副垂頭喪氣狀便是。家裏雇的幫傭都「沒謀兒」，做事沒章法亂來一氣。母親給自己也預留了一個——「劃不開拐」，死腦筋，遇事不懂得拐彎兒。有一組詞全是二字頭的：二虎、二百五、二愣子、二虎八雞。要編派人低能白癡，從這裏面挑一個。

經過近半個世紀的廣東化，母親的家鄉話走樣走得很難看，北方口音雖保住了但東北腔和俚語沒保住多少。她現在講的是一種口音混亂的四不像混血語，就連東北同鄉也聽不出她是哪裏人。

母親會跟外邊說她是旗人，因爲外婆她是。世襲正黃旗燕囍堂劉氏，朝廷出公告有快騎到劉府貼黃報。擁有八旗旗籍的市民稱旗人，而所謂八旗是清朝建國之初即存在的一種軍事及戶口編制，旗式有四色，從四色又衍生出四款鑲邊，合稱八旗。經多次擴展改編，除滿族八旗外又有漢族和蒙族八旗，因此旗人未必都是滿族人，不過外婆確是女眞族裔。劉氏是滿姓經漢化後的姓，原來的姓氏已不可考，只知一般習慣是取滿姓第一個字聲母的諧音作漢姓，因此改姓劉的以留佳氏最多，次爲鈕祜祿氏。滿清近三百年的統治是個滿人漢化的歷程，自清初以來滿人棄滿姓取漢姓的極多，劉家到我外婆這一代已徹底漢化，受的是漢人教育，外婆從小念的是漢語教科書，三字經、百家姓、詩云子曰，唯有從她呼娘的一聲「諾諾」和喊爹的一聲「阿瑪」，才聽得出她是滿人了。

外婆娘家在瀋陽小東街，離夫家不遠，原先從哪裏搬來不得而知。毗鄰瀋陽東邊有煤都之稱的撫順曾是滿人聚居地，說不定能找到劉家的舊時鄰居。從此地我回溯母系血脈到夷族祖先一度生息繁衍的繁殖地，因無族譜家史可據，只籠統插旗在國之東北，黑水白山之旁。黑水黑龍江，白山長白山。在水之湄，在水之涯。溯洄從之，溯洄游之。在那裏曾經有個古老民族叫女眞族，但最早不是叫女眞。遠古時期稱肅愼，後又稱靺鞨、勿吉，經多次征戰吞併至五代茁壯成驍勇善戰的女眞部落，建金滅宋，至公元一六三六年皇太極建立大清朝方有滿族。其馳騁版圖一度遠及內蒙和中蘇邊境，東瀕東海，南接高麗，西至松嫩平原，北至烏蘇里江。幅員涵蓋今日合稱東三省之黑龍江、吉林、遼寧。天然土色作深黑故稱黑土，肥沃異常種啥長啥。沃壤平疇，江闊河長，嘉果美禾滿山谷。因此也造就了它自古爲兵家必爭之地，數千年來迭遭兵燹戰事頻仍。高粱紅來大豆黃，遍地金銀招列強，辱國條款頻割讓，安得戰士保江山。曾經女眞先民在那片極北之地策馬射鵰，屯田播種。在那片大平原上他們春獵秋獮，草場練兵，鐵馬金戈逞豪強。我追逐悠悠年光越長城，出塞外，道阻且長道阻且躋，在那裏我找到母親兒時跑過、笑過、生活過的家園，她童稚時代的物影殘光。

舊時箱籠舊時衣。母親小的時候外婆的旗服還有好多件，揚揚大袖，寬襬微撇成外八形。藍底明紅，紫底黑青，一條黃一條綠滾出極寬一道彩虹邊。清亡後再沒有穿過，她裁開來給母親做衣服，一只袖子做得一件小孩長衫。母親看過她穿旗服旗頭的照片，也趕時髦拍過文明照。歪戴英式蝴蝶結貴婦帽，兩件式呢料短西裝外套及荷葉長裙裏柳條身，腋下夾本書，一手拄文明棍。清末民初的賽璐珞現形記。剛發明不久的柯達黑白膠片的顯影中，八旗的顯赫家世不過是個從四色變單色的夢。

至今她的生辰成謎，因爲她從不做生日。年幼的母親問過她，媽你甚麼時候生日呀？外婆緊緊張張打馬虎眼：「沒有沒有，過了過了。母親後來聽外婆的一位堂嫂說，外婆比外公大三歲。妻比夫大是她引爲極大忌諱的事，遮遮掩掩像患了暗病，不做生日是爲了怕穿幫。和郭家議婚時想必交換過庚帖，因此老一輩的親戚有的知道，但也只知道是大三歲。外公的生日是清楚的，如果那親戚記得沒錯，外婆應是生於光緒二十一年，屬羊。但她又跟母親說過她屬雞。

中國進入社會主義年代之後她開始懂得跟外公吵嘴，但之前的大半輩子她是個典型的舊式婦女，大門不出二門不邁，木訥寡言難得說一句完整的話，畢生唯有一技驕人奉獻不盡，燒一手好菜不輸御膳坊。母親遺憾沒得一絲眞傳，每說起外婆做過的菜式總是讚歎又惆悵，津津樂道數十年不倦。夏天茴香出來外婆會包茴香餃子，大小合度一口一個，皮薄又筋道，透綠透綠一口咬下滿口噴香。餡裏加海米，摻芹菜，肉要末不要剁，剁成泥不好吃。末是切細丁的意思。瑤柱土豆絲羹也是她拿手的。瑤柱絲、肉絲、土豆絲，都切得極細。土豆絲用花刀切有花邊的，油裏煎得金黃。最妙是雞蛋丁。蛋白跟蛋黃分開蒸熟切丁，黃的黃白的白，飄在湯面煞是好看，上面撒幾絡蒜苗便黃白中夾點淡綠。蒜苗自己種。用細繩把蒜頭串成串，大圈套小圈擺好幾圈置淺水裏，養水仙般，沒幾天便看見小苗冒嫩黃尖。豆沙包算粗東西，但外婆有本事做得細，豆沙煮熟去皮，用油慢火炒至起沙，少少摻點青紅絲，即外面買來的染色醃梅子絲，吃著那豆沙包便有絲的口感。母親又常說起一種大連海域來的對蝦，在菜場裏常是捉對兒賣因而得名。外婆把蝦煮熟了用細草繩穿過蝦身吊在簷下，圓弓弓一隻隻通體晶紅在風裏晃，母親餓了摘下一隻沾椒鹽吃，肉味鮮美蝦膏腴肥，用來做麵湯湯頭粉紅粉紅。

算不得鐘鳴鼎食豪門宴，卻是雞鴨魚鮮度豐年。蔥花缸爐，芝麻火勺，炸麻花，蒸發糕，糖玫瑰餡、蘋果泥餡元宵，麻醬花捲，油渣餅，雞肫雞血鍋，地瓜燜牛腱，麵疙瘩湯。數不盡的家鄉的意象與氣味，銘印在母親的味覺裏成為一生的饑饞餓飽的記憶。飽足的記憶都來自無憂童年時。家裏飯菜不可心她就不吃，廚房得給她另做精細的，用里肌肉小炒一碟肉絲給她下飯。廚子氣得邊做邊開罵：「這個晌午錯，這個那個這個那個的。」母親小時眼珠有點偏，像太陽不在晌午的正位上，因得了晌午錯的渾號。又或是家傭給送飯到學校，全班同學包括老師在內全都圍上來觀賞她的奇門菜色，圓筒翻邊的義大利通粉只那家俄羅斯人開的秋林公司有賣，用雞絲清湯煮，加菠菜絲瑤柱絲。有時是外婆做得恁精緻的肉包子和麻醬火勺。吃慣了不稀罕的母親全部分給同學，自己吃換來的窩窩頭。

我撿拾零星家常牙慧，星星片片拼貼盛世豐年圖。上山摘白梨，下河抓小魚，壟間烤黃豆，冰地坐爬犁。母親家最早有冰鎮水果吃。方形大木桶有半人高，內壁碼上一層鐵皮，上掀式蓋子，每天有人運來乾冰放桶裏。西瓜、香瓜、杏、梨、枇杷、蘋果、葡萄，一落落堆冰上，那就是冰箱了。每年春夏二度回鄉下過年、避暑，相當於現代人去別墅度假。先從瀋陽乘火車到營盤，佃戶駕著四掛大馬車來接，馬蹄得得敲過柏油大道，路上經過一條河就是渾河，從河南過河北一路遠山近水，稻麥田壟看不到頭，山上樹花開，遠遠看見炊煙就知道三家子村到了。

有道是十冬臘月凍掉下巴，陰曆十月天就冷了。年二十三過小年，送灶王爺上天。這天殺豬磨豆腐。大清早把毛驢蒙上眼睛拉磨，佃戶阿嫂不時往磨眼裏添泡好的黃豆和水，磨下放個桶盛磨好的豆漿，到了下午用大鍋熬煮。母親饞豆皮吃早早就跑去灶邊等著，傭人用長竹把豆漿表面新結出來的豆腐皮挑起來放碗中，母親撒上蔥花拌辣醬吃得好香。這天晚飯一定吃水豆腐，尚未壓成方塊的不規則豆腐塊，用鹹菜肉末辣椒醬做調料，幾十個人就在佃戶家炕上熱熱乎乎吃個痛快。

殺豬有炸豬肉吃。廚子在廚房用肥豬肉煉豬油，母親跑去灶邊把一薄片瘦肉扔到豬油裏炸得香香的，又吃炸豬肝跟豬「連筋」（豬脾），吃得一嘴油。廚房忙得灶火燎天大盤小盤盛著不同做法的豬肘子、豬耳朵、壓豬臉、皮凍、灌粉腸、血腸。末兩樣都是煮好了切片蘸辣醬吃。當晚請客吃豬下水，即豬內臟做的菜，像酸菜血腸粉絲鍋。年三十吃胖頭魚。一種松花江出產的胖大如豬的淡水魚，頭兩天從倉庫取出融冰，頭尾切下來紅燒，大盤子上拼一條完整的，年夜飯的年年有餘。吃過年夜飯就包餃子，叫捏元寶。小小的三角形餃子裏面裏紅棗、沾果、栗子、白糖。包完餃子去洗臉，換新衣新鞋，大人封紅包。正十二點放鞭炮，小輩拜年，長輩給壓歲錢。親戚妯娌全來了，有的一進門老遠叭噠一聲跪下磕頭唱喏，五爺爺五奶奶給您拜年來了，祝您財源廣進身體健康萬事如意呀。吵兒巴火喧嚷一陣便煮元寶宵夜，大人小孩各適其適玩紙牌、打麻將、玩升官圖，村子裏鞭炮一夜燒不停。農閒時節好作樂，倉庫裏的儲糧夠吃一冬天。煉好的豬油一缸一缸，雞蛋一籮一籮，高湯一鍋一鍋，豆包饅頭堆似山。用鹽水醃泡好的酸菜放廚房裏防凍壞。獵戶送的山雞雌雄捉對吊一屋簷，冷風吹得彩綠羽毛翻飛，吃到春天都吃不完。最早開花的是狼狼狗，就是現在年宵花市上結成夫妻。母親的腳步自此總是朝著南方走。她跟隨父親一路往南行，往南行，牽著姊姊抱著我，走走停停迂迂繞繞來到了香港這個四季如春的英國殖民地。

家鄉，甚麼是家鄉？家鄉是天蒼蒼，野茫茫，風吹草低見牛羊。一抹晚煙荒戍壘，半竿斜月舊關城。家鄉是逢年過節母親的三分鐘懷舊，突然又聽到母親罵我一聲「王八犢子」好熟悉的罵兒話。家鄉是東北的大地河山在我夢中成形，朦朧間一個少女的身影出現在茫茫雪地，月白肌膚，月滿輪廓，睫護秋水，眉含孤清。北方有佳人，絕世而獨立——我認識眞正的母親之前的母親。我的夢母，北國無名女。

亂世之痕

搖啊搖，搖到外婆橋。

外公家住渾河灣，生逢亂世多災殃。富貴榮華夢中夢，紈绔子弟苦初嘗。傷國事，何蜩螗，忍教紅樓火中葬。風吹紙灰揚，眼角淚汪汪。說甚麼高粱肥，大豆香，談甚麼美酒佳釀滿金觴。家毀兒孫散，歡樂不久長。鮮花鮮果舊時芳，卻是皮腐肉爛生蛆虴。恨家邦，愛家邦，情知無計數祖望。君不見，今宵佳節狂歌醉舞地，明朝便是公審批鬥行刑場。恩已絕，情已斷，石頭遺字訴滄桑。

母親記得八路軍進撫順市那天，全城靜悄悄，家家戶戶都拉上窗簾像抗戰期間防空襲般。街頭巷尾沸沸揚揚傳了好幾天八路軍要來，但沒人知道是哪天。儘管八路軍這時已改編爲中國人民解放軍，簡稱作解放軍，但這裏的老百姓都還沒改過口來。早上外婆首先聽見踢蹋、踢蹋、踢蹋的軍操聲由遠而近，兩人打簾縫裏看見一隊兵齊刷刷走過，威名赫赫聞名喪膽的八路軍人，不多的十幾個，荷著槍，淺黃軍服，穿過空落落沒人的街道。那就是八路軍，外婆說。一眨眼間便過了去，踢蹋踢蹋踢蹋踢蹋。十一月的初冬陽光照滿路面，好平靜的過場，一點不覺得是重頭戲。窗簾放下房間重陷黑暗。外婆不敢上街買菜，母親不用上學，幾天前老師就通知暫時停課，沒說明原因。這會兒知道了，是因爲八路軍。

外公也想過逃。逃去北平，逃去臺灣。早幾個月國民軍在長春被圍時他的四哥和六弟都先後飛去了北平，打算等局勢平靜了再回來。有條件走的都走爲上策，在北平等船去臺灣，或住下來靜觀局勢。普遍的想法是東北就算不保，北平有傅作義將軍在應該守得住，最壞不過是日本人進佔東三省的事件重演，最後總能失而復得，可是壞消息不斷傳來。一九四八年十月，長春解放了，外公要帶母親去照相館照相。她興興頭頭挑了一件深灰斜紋布暗紅圓點的長袖上衣，肩膀有墊肩，窄袖口，左胸一朵綠絨花，日本進口的。那年頭買機票要照相，母親知道是要去北平了。家裏其他人一個個都去照了相，可是照了相回來就沒動靜了，一家子等著外公做決定，只等他一聲令下便收拾行李打包走人。外頭已經天下大亂，人心惶惶謠言滿天飛，金圓券一天天貶值，外婆去買菜回來就叨咕，錢一天一天毛了，不經用了。外公日日忙進忙出不知忙甚麼，磨磨蹭蹭延延挨挨，沒多久就聽說八路軍已在百里外了。外婆私底下向母親抱怨，你爸做事就是猶猶豫豫，不果斷。母親白高興一場，終於沒去得成北平。

有一年母親在鄉下的院子看見了小彪子，站在院子裏翻著眼珠指著天自個兒嘟噥，黑黑紅了，黑黑紅了。母親覷覷天空沒看見甚麼，大白天，天不黑也不紅。也或許他說的是，嘿嘿紅了，嘿嘿紅了。橫豎他是個傻子。東北話「彪」是傻的意思，小彪子就是小傻子。家族裏謠傳大伯因爲愛嫖染上了梅毒，害大伯娘也傳染上，所以生下這兒子有傻病，長到現在九歲了，連說話都不太會，但他樣子眞可愛，白白紅紅的嬰兒臉蛋老是快快樂樂的。母親就聽他說過這句話，嘿嘿紅了，嘿嘿紅了。

最先丟了東九條的房子。外公主動獻出給黨，表示他是開明地主，積極配合國家土改政策。是日本人在日治時期建的，抗戰結束郭家遷來撫順就買下，東洋味的簡樸格式，門前一列綠油油修得溜圓的矮樹籬，左右兩邊有灰石短階登入屋內，過了玄關再上兩級臺階到客廳，架高地板底下有暖氣管，冬日在屋後的煤爐注水入鍋，水蒸氣跟著管子跑地板便熱了。客廳兩邊各一間臥室，外婆帶著兩個女兒住一間，外公帶著小太太和他們的女兒住另一間。往裏進是餐廳、廚房、浴室、後院。喜栽種的外公在後院種了茉莉、喇叭花、爬牆虎、夜來香，又買來竹棍子靠牆做一列三腳架，一個架子種黃瓜一個架子種茄子。開始結果時母親喜歡去看果子一天天變大，青一個紫一個垂滿架。夏天夜裏外公喜歡沏一杯茶坐在石階上，聞夜來香的香氣。

他是在外頭跑過見過世面的人，中學開始便上西洋學堂，在上海的高等學府待過不短時間，有個復旦大學政治系學位。少年時代他和張學良一道玩過，打夥兒騎馬打獵，兩人都是髭鬚未生的十幾歲毛頭小伙子。渾河爲界，河北張家，河南郭家，是當時東北的兩大望族，眾小輩結伴玩耍不稀奇。外公槍法如神，我可以想像他跟小他幾歲的張學良馳馬青原，一子彈穿過鴛鴦腦袋教同伴歎爲觀止。他還聲稱教過張學良英文，多半是騎在馬背上把學堂裏剛學來的英文現學現賣搬弄兩句。張學良繼承父業接掌奉系兵權後大大有名，外公好懷緬昔日風光，不時向母親提起這段交情。何況它象徵著郭家的全盛時期。翩翩俗世佳公子，廓落名場爾許時。有堂名的都是大宅門。瀋陽小東門天佑堂郭家，名頭比燕囍堂還響亮。

他自然不會喜歡媒妁之言定下的纏腳布氣息還沒去淨的新婚妻子，人一娶過門就遠走，這一走走了十二年，但是這條看似饒富民國氣息的新時代之路他卻沒有走下去，選擇回鄉下守著田產度日，過起土紳的生活來，在一個小村子風風光光當了幾年鄉長。雖然他沒像其他兄弟染上敗家的芙蓉癖，但是長年的遊手好閒不事生產，到我母親出生時，郭家已在沒落中，她見證到的已是祖澤福蔭的餘澤餘芳。盛世尾班車，篋底殘餘物。

也虧得外婆持家儉省，家窮之後還有點物資剩在箱底。她做閨女時就沒豪奢過，娘家雖有錢但崇尚儉樸，因此沒得過花錢的訓練。一嫁到郭家丈夫又出走，嫁了等於沒嫁，一年倒有半年住在娘家，到她步入中年眞正開始過夫妻生活，已經是老媽子的自賤作風。孩子一番高興買了好吃的回來總遭她一雙手往外掃，你們吃，你們吃。外公帶小孩去逛公園她也是那樣的手勢，你們去，你們去。外頭時興綢緞，她照樣一件粗布衫。時興燙髮，她照樣紮個老媽子糾。時興玉石，她買黃金保値。小孩都時興穿洋裝了，她將清朝的衣服改給孩子穿。綢緞莊捧來新到的衣料，她買了從來不做，整整齊齊疊在皮箱裏。她的箱籠不是木頭製的，而是漆皮質料，因叫皮箱。大紅色光滑亮面，舊式銅鎖插栓操作，一打開，箱蓋右側紅紙黑字「燕囍堂」三個大字映入眼簾，箱壁整個蒙上寶藍棉布，外紅內藍好彩頭，捉對兒一雙平日放在炕琴上，歷年衣料都屯在箱裏，疊得一絲不起褶，布匹之間墊層薄宣紙，每年拿出晾曬。解放後布票若不敷用，就把衣料改給兩個女兒穿，所以母親和阿姨儘管口袋沒錢，衣服都比別的小孩光鮮。外婆迭次搬家都把皮箱帶著，破房子裏兩只大紅箱子鮮豔奪目，去湖南時留在東北沒帶，母親沒再看見過它們。

生母親時外婆已三十八歲，在當時已屬高齡產女，不死心想追兒子，可是三年後生的又是女兒。母親記得有回兩姊妹打架，外婆追打兩個女兒不小心碰落左上顎一顆假牙，被她自己一腳踩壞，去牙醫處補牙打麻醉藥，當下流產個巴掌大小的胎兒。她硬說是個兒子──圓型的是女兒，長型的是兒子──曬乾後悉心用布包起來時時打開察看，從此嗔怪我母親害她失了兒子：「都怪你，你們打架，我要打你們，害我沒了兒子。」母親爲此事覺得委屈，習醫後方知是習慣性流產。那年頭不興驗孕也不懂養胎，外婆生了第二胎後懷的都留不住，那次也未必就是麻醉藥的作用，時候到了自然流出的。那胎兒的乾屍她一直保存了許久。

至此外婆沒法反對外公討小老婆進門了。是個姚溝來的鄉下大姑娘，識得幾個字，長得粗壯結實，烈日曬過的銅膚色反襯外婆的蒼白。原是指望她粗生粗養多生貴子，結果她比我外婆更不如，只生了一個女兒便永久性沒了下文。外公當然還是跟小的過，幾口人一同住在東九條的房子，一個簷下過活一桌吃飯，吃完飯外公就跟小老婆一同回房。寂寞和怨恨如白蟻蛀木一寸一寸吃入這個家的心臟，新的陌生的時代卻把他們連結成緊密的團體。滿以爲光復後有安樂日子過，卻又來了蘇聯大兵。蘇聯大一會兒就聽見學校操場那邊打鑼打鼓呼呼嚷嚷開公審大會。不知過了多久，半天裏，砰，一下。一聲槍響。外婆向天連連作揖：「老王頭升天了，老王頭升天了，老王頭靈魂升天了……」

家族中流傳這樣的故事：外公的祖父的爹，外公喊他太爺的，原是個拉牛車的車伙子，住在山東省蓬萊縣一條叫郭家灘兒的窮村子裏。闔村的人都打魚，就太爺一個窮到拉牛車，村民都叫他郭大窮棒子。窮棒子心裏沒別的事就掙錢一件事兒，一天到晚惦著掙錢惦得晚上睡不著覺，有個夜晚借月亮光拿杏條編筐，打更的一走過就緊問，幾更天了。那打更的給問煩了故意誆他說：「五更天了。」太爺急眼巴巴拉著牛車上路，天還烏漆抹黑呢，山溝的路愈走愈背，忽見一盞燈懸在前面半空，不遠不近不上不下，太爺快它也快，太爺慢它也慢。太爺上前拿鞭子抽它要把它攆跑，那燈轉過頭來是張笑吟吟的笑臉。這一嚇把太爺嚇得回家病了一場，那年山東就逢大旱鬧饑荒，牛沒草吃，拉車也沒力氣了。待不下的都跑到外邊謀生路，闖關東蔚然成風。明知有去無回，便都攜家帶眷，走上那平沙莽莽的長征路。郭大窮棒子憑著拉牛車那份拼勁兒，闖關東成了拓荒的魯賓遜，開荒墾田建家園……口述相傳流傳下來的古老年代的故事，太爺的孫子都記在一本日記裏，外公燒《紅樓夢》時把日記一起燒了。

半夜裏聽到拍門響，闔家心驚膽顫爬起床。一個男嗓門壓低低在門外道：「五爺，五奶奶，我呀。臘月大冷天，深夜四五點，五爺跟五奶奶開門迎進個穿大襖的瘦漢子，肩上揹個大白布袋，皮帽脫下才看得眞切，是舊日給外公種田的老佃戶。那人放下布包把東西一樣樣掏出，零下溫度凍得登硬的一大塊豬肉，十幾個粘火勺骨碌碌滾一桌——黃糯米做的豆沙餡餅。佃戶道：「快過年了，咱給你們捎點吃的，五老爺你待咱們好，咱們村裏沒人舉報你，有八路軍來查了，問你們地主是誰，啥樣的人，咱們都說五老爺待咱們好，跟五老爺有飯吃，有錢賺，咱們村裏沒有一個人說五老爺不好的。佃戶說著打開腰包掏出一疊錢鈔放下，沒多耽擱就匆匆走了，神不知鬼不覺黑裏來黑裏去，猶自睡眼惺忪的母親覺得眞像夢。

窮，來得好快。全靠賣金才有錢買糧票換米吃。五爺歷年收田租攢了錢不買骨董字畫都買了金，扁長方形金錠一錠起碼是二十兩。賣金的錢交給外婆，逐點逐點花用，活命的錢。其他都是身外物了。屋子越來越破，家當越來越少，被褥越來越舊。母親在撫順女中上學，時局動盪念念停停，十五歲才念初二。開始要上政治學習課：

土地改革是爲了把土地財產權歸還農民，地主是剝削農民的，農民給地主種田，地主卻享福。國家將來是共產主義社會，土地全民共有，收成全民共用。蘇聯是我們的老大哥，我們要向蘇聯學習，走向集體農莊制度。母親一條條跟書背，拿九十多分。有時下課她到北台町的同學家給她補習數理化。兩人在班上成分都不好因此做了好朋友。那同學會做吃的，補完習做小豆包燜點土豆一塊吃。唯一的消遣是逛中興街，去供銷合作社看陳列在玻璃櫃裏的日用品，拖鞋、襪子、圍巾、雪花膏、牙膏、牙刷。窮窘少年時的眼饞物。她都沒錢買。那同學有個哥哥在工廠做科長，環境比她好，有了閒錢就買牛奶糖一塊吃，買瓶汽水一塊喝。校長給她上過兩堂鋼琴課，她想學下去，可是哪來的琴，市面上根本沒琴賣，就有賣的也沒錢買。想學小提琴，跟堂舅的兒子借，他不肯借。很偶爾她在北台町睡一晚，跟同學兩個擠一張床用被蒙頭講班上進步同學的壞話：「……死相……共青團的……假進步……淨打小報告……以爲掃地抹桌子就是勞動模範……」

做過的夢都不算數了。外公答應過的，你好好念書，將來你當了大夫給你蓋一棟醫院。天池醫院那樣的。白粉牆白門廳，簇新三層式水泥洋房氣派地屹立在撫順市中心大馬路邊，門口豎塊白招牌：「天池兒科醫院」。是個臺灣來的醫生開的。她有陣子扁桃腺老發炎，外公每次都帶她到這裏看病。一樓是門診，二樓是病房，三樓是住宅，一進去是甘冽的消毒藥水味，候診室靜靜的，年輕漂亮的女護士走路都沒聲音，手指涼涼給她腋下塞探熱針，頭頂的白色扁帽她總奇怪是怎麼戴上去的。斯文洋派的年輕醫生頭髮抿得光溜溜，醫生袍漿洗得雪白，很友善給她用聽診器聽心、聽肺、壓舌板輕壓她的舌頭看喉嚨。打針有另外的房間。亮晶晶消毒過的鋼製小工具小器件，注射器，腰形鉢子，棉花球用白瓷缸盛著，泡過酒精抹屁股上颼颼涼。配藥室有小窗口，藥水裝在小玻璃瓶裏，藥粉用半透明油玻璃紙折成三角形小包，放入信封式白紙袋裏。

外公又答應過你好好念書，將來送你去日本讀醫。她就想她也會像表哥那樣坐上遠洋輪船，倚在船欄邊眺望遠方想像異邦的留學生活。在外婆娘家的院子碰見表哥那年她八歲，他剛從東京回來度假，玄黑學生制服穿得他好英挺，胸前一溜銅鈕扣，帽上釘個銅帽徽，帥氣軒昂極了母親看著好羨慕，學成歸國後他在瀋陽滿鐵醫院當內科醫生……

可是都不算數了。學醫的志向沒變，可意義完全不同了。一家的指望都落在她一人身上。外公改了語氣：「學醫吧，當大夫收入好，咱們一家以後就指望你了。」母親以窮學生身份申請到助學金在校住讀，一日三餐尚充足，可是家裏境況一天糟似一天。母親每次回家，見到的都是幾個大人愁容相對，一室的淒涼。他們解放前都沒在社會上做過事，以往的學識、技能，如今都變得毫無用處。她心想，等我畢業吧，等我畢業養他們。活每一天都爲了那一天。

家更窮了。大屋搬小屋，小屋搬更小的屋。河堤路是最窮時，十幾戶人家的大雜院，火柴盒式套房一間一間圍著個大院落，門口對著別人家的後窗。一家子睡在繞屋而建的大通炕上，炕底通道連著灶口，煮飯燒起灶火，炕也跟著熱了。夏天就用小煤爐燒飯免得把炕燒得過熱。晚飯桌上三盤菜：白菜、豆腐、豆豉花生炒辣椒，吃國家配給的白米飯。外公發火：「天天吃這菜，沒點好吃的。」外婆回嘴：「沒錢，吃甚麼？淨顧著饞吃的，又不去找事做。」外公不動彈，天天坐屋裏悶抽煙，發呆。沒錢買煙了，就買煙絲捲煙卷。外婆去領計件手工回來做，打鐵絲。用小槌子把細鐵絲敲敲打打敲扁，也不知幹啥用的，打好一紮拿去換工錢。又去一個人家做幫傭，幫做飯跟帶一個小孩，待不滿一個月就跑回來。到了快沒飯吃了，外公開始去露天礦撿煤渣。窮人都去撿煤渣，有工頭當場點算，撿一滿筐得若干。他帶著小老婆每天打早動身背影雙雙出門，天黑方返，攢了錢買肉回來。不久外公決定「解放」小老婆，跟家裏人說國家提倡男女平等，該解放小老婆讓她重獲自由。外婆背地裏對母親說：「你爸還挺疼她的，怕她受委屈，還給她找個好對象，安排得好好的。」幾天後母親從學校回家，小老婆已經帶著六歲的女兒走了，外公親自送到新家的。

負擔輕了，外婆卻得了病，瘦得皮包骨頭，唸唸叨叨唸唸叨叨：我想喝肉湯啊，我想吃火鍋喲，血腸粉絲火鍋喲，酸菜放到鍋裏綠綠的喲……起初只當她是吃不飽餓瘦的，後來就下不來床，發燒幾天不退。秋氣初涼的季節，母親急惶惶叫了一台三輪車把她拉到人民醫院，一檢查是開放性肺結核，肺已積水。不得不掏老本了。外婆一直留著點首飾沒賣想留給母親，尺把長的純金如意大盤簪，插在髮上盤旋回繞像頭頂盤了條金龍，是外婆出嫁時她娘家給置的嫁妝，清朝之物。她捨不得賣。我想留給你，她說。母親說：「我不要，給你治病要緊。」毅然把金簪剪下一段拿去銀行賣，黃澄澄純度高得銀行的人嘖嘖咋舌。往後一次賣一小段，錢用來付醫藥費，買豬肉給外婆一個人吃，抗結核的藥服了兩年病才痊可。

外婆最餓最饞的時候想喝的肉湯是下水湯，內有豬肚、豬肝、血腸、粉腸等豬內臟。此外放排骨和幾片抽刀肉，把五花肉切得紙樣薄，一放入熱湯裏會抽縐起來。臘冬的一天她想喝肉湯想得慌，起個早，穿上一件舊狐皮襖，跟誰也沒說一聲就悄沒聲地出門，濛濛曉色中往鄉間的方向走去。從撫順市到鄉下這段路從前都坐四掛大馬車走的，從不知用腿能走到，這會兒她卻走著了，茫茫雪野裏一個老太太，想著那口肉湯，一心巴火心貞志堅，因病掏弱了的身體不讓她走得快，頂著寒風嘶哈著氣，蹣蹣跚跚，天亮走到天擦黑，遠遠看到有人家了，也說不準是不是她要找的地方，沒來好多年了，暗裏又看不眞切，摸黑踐過去叩門吧，可不是嗎，天可憐見，就是她要找的那個老佃戶的家，天老爺保佑居然讓她給找著了。她聽到好熱烈的歡迎聲音：「哎唷五奶奶，你來了，快進來快進來，五奶奶你來得正好，咱們今兒剛殺了豬，在煉豬油呢。」啊喲沒想到運氣這麼好，碰上殺豬的日子，下水湯要殺豬當天才吃得著，一路上受寒受凍都値得了，長途跋涉走來就爲了喝一口肉湯啊。當晚她跟佃戶一家團團圍坐吃飯，喝肉湯喝得一身燙乎乎暖洋洋，第二天早上回家是手裏拎著一大抽豬肉喜孜外婆自從得過結核病身體就差了，肺組織纖維化跟胸膜粘黏影響了肺功能，連帶身體也變得虛弱，人筋瘦筋瘦，枯槁憔悴。加上世局多變，有得折騰沒得調養，一九六一年夏，她就像得結核時發燒好幾天不退，送到醫院時已神志迷糊，病情轉惡極速，延至次日午夜不治，享壽六十五。

外婆的照片唯留下湖南時期的兩張，應是她過世前不久拍的，抱著約滿周歲的我的姊姊，形銷骨立坐草坡上。縱是黑白照也看得出是晴天，她穿一件花布衫，用夾子夾得服帖的頭髮被風吹得微亂，眉宇晏晏甚是歡暢。我眞願意相信是如此。看得出母親遺傳了她的瓜子臉，柳條腰，板瘦肩。母親說過她盡孝而已，其實與外婆不親近，她性格接近活潑好玩的外公，跟窒悶古板的外婆合不來。但我不能相信外婆對自己的時代和命運沒有一絲覺悟，因爲她不讓母親學燒菜，母親一進廚房就把她往外搡說，別學別學，學做菜沒出息，去去，去念書去。外婆的菜母親一樣都沒學會，只有切細絲、切薄片、切丁末這些精細刀工是得自她的。

外婆走的前一年母親被調到北京兒童醫院進修，只父親陪著外公外婆在湖南。暑熱天，她穿一件薄料子紅襯衫，圓領子有白色窄條花邊，小短袖露出雪白臂，是她到了北京新買的，穿起來很好看，她很喜歡。午飯時間經過傳達室，裏面的人招她過去遞給她一封電報。是父親打來的，只簡短幾個字：「母病逝，已火葬。」母親回房哭泣，室友回來看見問明原委說：「快，別穿紅衣服了，換件白的吧。」母親換上一件白襯衫，抹把眼淚洗把臉，上班去了。

母親南下廣州時把骨灰也帶到了廣州，安置在銀河火葬場。外公寫輓詩二句祭曰：「生於黑水白山之下，歿於湘江衡山之濱。」

故國之痕

搖啊搖，搖到外婆橋。外婆家住「滿洲國」，支那皇帝昭和朝。太陽旗升正東方，家家學唱櫻花謠。扶桑樂土誰曾見，天照大神來普照。明日帝國關東軍，長生不老天皇島。不叫瀋陽叫奉天，不稱霸主稱王道。千秋功過爭朝夕，至今猶記菊花袍。大東亞夢成泡影，同德殿中淚沾綃。孤兒遍野屍遍地，離鄉背井移民潮。莎喲娜啦，莎喲娜啦……

我到大一點才很震撼發現母親幾乎整個童年都在日本人統治下度過。她那麼殷殷憶述的歡樂片段和陽光情節，都是在國家動蕩的大環境裏發生，可是從她的言語裏一點也感覺不出國難的傷痕。〈長城謠〉的下半闋歌詞「自從大難平地起，姦淫擄掠苦難當，苦難當，奔他方，骨肉流散父母喪……」講的正是日本侵略東三省的事，我也這才恍然它是一首抗日歌曲。

約莫是七〇年代末我偶然在報上讀到的一則小新聞是講一批東北長大的日本遺孤出發去日本與生身父母相認的事。世紀初移居中國東北的日本僑民不計其數，抗戰結束期間這些僑民在撤退中遭遇萬難，一起上路的一家子到最後損折慘重，無數小孩丟爹失娘沒能返國，由東北人收養並養育成人。所謂東北遺孤指的是這些孤兒。

我追問母親記不記得日本人的事。有啊，她說，外公常跟日本人喝酒，很稱讚日本人呢，說他們跟你喝過酒就眞誠相待把你當朋友。住東九條時有個嫁了中國丈夫的日本女人住在他們對面，她家沒院子所以愛過來串門，和外婆坐在後院臺階的樹蔭下撲扇嘮嗑兒。她老說外婆長得像她家鄉的媽，要認外婆做乾媽，後來也沒眞的認，解放後母親家遷走，就再也沒看見這女人了。

一九三一年九月十八日夜晚，日軍挑起柳條溝事件乘勢進佔東三省那一年，母親還沒出世。歷史上稱爲九一八事變。張學良下令不抵抗，日軍長驅直入無所阻，百萬里山河陷敵手。首都建在遼寧省長春，改了名字叫新京，「滿洲國臨時政府」宣佈成立，找來清朝最後一個皇帝愛新覺羅．溥儀當執政，當了兩年又稱帝，穿上滿飾軍徽的陸海空軍大元帥服登基，稱「大滿洲帝國皇帝」，年號改康德。溥儀已是第三度登基，第三次當傀儡。中國大地崩掉好大一塊角落，卻無補天的頑石可補地。從一九三二年「滿洲國」建立到一九四五年日本戰敗，東三省儼然一個偏安東北的小小日本王朝——「王道樂土」夢幻國。

母親在溥儀登基那年出世的，大滿洲帝國康德元年。自她懂事以來家裏的大人從不說、不提、不談淪爲殖民人民的事。小學上公民課老師告訴她們，我們是滿洲國人，日本人和滿洲國人是一家人，我們都是東亞共同體的子民。自此母親只知有「滿洲國」。

男女老師穿清一色土黃制服，課室牆上掛國民訓，每天上課前要背的。小賣部有賣紫菜捲著米飯的飯捲，有賣白色圓形嵌紅豆的糯米點心，母親會買回家給妹妹吃。有條件的家庭紛紛送子女去日本留學。表哥去了，六叔的女兒也去了。未幾年城裏轟炸很凶，一天到晚拉警報跑防空洞，糧荒越來越嚴重，先是白米飯沒得吃要吃高粱米，到後來高粱米都沒得吃要吃橡子麵的時候，母親家舉家遷到鄉下暫避，圖鄉下離田地近，糧食供應充足，運輸也方便一些。母親在鄉下長大到十二歲，八月十五日那天鄉間小學的班級主任在黑板上寫：中華民國萬歲。孩子們嗡嗡然竊竊私議，中華民國是誰？中華民國是誰？老師鄭重道出，我們是中國人，日本是侵佔我們的。母親始知有中國。

幾乎是即刻，日本僑民不論男女老少嘩嘩嘩撤退如洪水大退潮。來的時候懷著憧憬而來。乘浮槎，渡滄海，有組織，有計劃，乘風破浪來了一撥又一撥。從一九〇五年起，小規模試探式數百人一組，西渡東海登陸中國，散居於鐵路沿線城市，耕作、經商、開廠，未幾組織農業移民，進入黑龍江省人煙稀少的地區，佔農田，結村落，絲蘿托喬木寄生在中國土壤上，一而十十而百繁衍大大小小的日本村。

日本軍政界一班狂熱民族主義者老早想定這條用自己人當開路軍的移民計策，爲的是鋪定一條殖民路，擴張版圖走向大東亞霸權。官方打的如意算盤是，即便軍事失利仍有這一支移民兵在地持續運作，給日本保留一部分經濟實力。一九三六年日本內閣提出二十年、一百萬戶、五百萬人移民計畫，正式定爲七大國策之一。自此擴大移民規模，除農業移民外新增城市移民，大批青壯年的軍政人員、工商界人士在政府的大力鼓吹下被招募入團。戰爭末期注意力又轉移到二十歲不到的年輕小夥子身上，美其名爲義勇隊開拓團，有的被徵召入伍安置在滿蘇邊境作爲向蘇聯進軍的一著棋子。日本一戰敗，棋子變炮彈靶子，萬千開拓民成了國策的犧牲品。

驚天大計匪夷所思。估計十數年間先後有一百五十萬人以上被運送到東北地區，五百萬人移民計畫成功實現了三成。蘇聯趁著對日本宣戰之便借機強佔東三省，江山又一次易手。中國無法順利接收並按公約及時遣返僑民，引起難民亂竄的亂局，國共內戰使遣返工作再延誤。一九四六年兩軍暫時停火合作遣返日僑，大部分僑民方得以歸國，但仍有一部分漏網滯留。一九七二年中日恢復邦交，兩地政府成立專責機構開始有系統地幫助遺孤回日本尋親認親。三十年後總算，兩鬢星霜歸故里。

東北遺孤至今都是尙待發掘的好題材，但我當時只著眼於瀋陽的歷史背景，應該是從這時起心裏模模糊糊有個故事輪廓，幻思幻想開始構思第一部〈妾住長城外〉的情節。

一九八〇年暑假我隨母親回鄉省親，已是有意識地在搜集寫作資料。港澳同胞這個詞當時還沒出現，我們被喚作僑胞。僑居外地者，歸故里也，實際情形卻比較像《鏡花緣》裏的唐敖和多九公去了奇邦異域。大陸剛從鎖國狀態開放不久，瀋陽這偏遠城市沒幾個觀光客，我和母親在那城裏礙眼得像兩隻稀有動物，不小心在某處停留過久，馬上有同胞圍攏來，他們也不做甚麼只是挨得近近的從頭到腳默默打量，恨不得給我們照張X光。那時節不是隨街有計程車可截，我和母親只好邊走邊逃盡量保持移動，直到我們喬裝改扮成當地人才免掉陷身人牆之擾。

我第一次聽到帶濃濃關東腔的東北土話。外公和阿姨半輩子都住在撫順或附近的章黨，是撫順口音，音調低沉平坦一股莊稼味兒。外公出口成章說故事好聽，拉得長長的音腔老在咨嗟吁嘆昨日苦難。文革期間他被定爲黑五類中的三類：地主、資本家、反革命，但他挨鬥挨得算輕的，只吃了一個嘴巴子即遭一個溫和書記喝停。他做地主時有善名，從不苛待佃戶，曾教導他們投資買金，有的還銘記在心，體恤他年事高只給他派些放牛壓草的輕活。幾年下來身骨子硬朗了飯量也增加，一頓要吃一大大碗公白米飯。最讓他吃不消的是每兩周寫一次檢討交村幹部，還有一年一度的評查會。

阿姨苦頭吃得多。地主家庭出身註定她在文革時被劃為地主資產階級分子，加上跟我媽的海外關係，害她一個中學教師被下放到偏遠的山地農村，捱了七八年耕田砍柴的勞改。每說起那段經歷她便眼淚巴嚓哭個沒完。母親除了連聲唉歎可憐唷我妹妹可憐，也無別話可說。在上一輩的傷心裏我只能是末座陪客。當時在文壇引起轟動的陳若曦的《尹縣長》我也讀過，愛新覺羅・溥儀的自傳《我的前半生》涉及文革的部分大致也看懂，四人幫受審期間大人不眨眼守在電視機前的緊張氣氛也讓我印象深刻，但是畢竟港胞與同胞，好長一段辛酸歷史隔在中間。

因為我要找三家子，母親特為我安排了撫順野外一日遊，外公和阿姨也來陪，順便看看許久沒回去的撫順鄉間。國安局也來了個人，給弄來一輛可載數十人的旅遊大巴士，車輪轆轆塵沙僕僕開進撫順近郊的田野間。半路看到個牛車我嚷著要坐，好得意地坐了一程。我終於看見了東北的高粱田。太爺闖關東時耙過耕過的地，百餘年後我這城市長大一身牛仔褲短袖衫的南蠻後裔跨坐牛車牛蹄得得晃擺過去。邊地酷陽照邊塞大地，夾道高粱比人高，密林子裏藏得下一支軍隊。才子佳人江南多，這裏卻多的是鐵馬金戈喋血戰場的英雄事蹟。清太祖努爾哈赤曾在這片土地上餐肉飲血收服女眞各部族，與明末大將袁崇煥激烈交戰。古戰場，幾人還。外婆的先祖不知可也在努爾哈赤麾下打過仗？

三家子整個遭水淹了，原址現在建了大伙房水庫，我們在水上蕩了一會兒船算是到此一遊沒白來。我還沒玩夠要往前走，巴士載我們來到一個農村。一條土徑，幾戶農家，小孩家禽到處跑，完全是農莊景致。外婆當年爲了喝肉湯走了半天路找的佃戶家大概是類似這樣的村子，外公一亮相道旁就有個掉光了牙的老農民嚷嚷起來，哎唷五爺回來了，你看，有錢的還是有錢，咱窮的還是窮，你看，五爺開著大汽車回來的。偌大嗓門十步皆聞，母親猜是外公的老佃戶或從前隔壁村的。外公跟他站在土徑旁寒喧，驟遇故人自是開心的。那國安局的人挨近阿姨小小聲不知嘀咕什麼，氣氛有點膠著，大家拘拘謹謹站在村口不說話，阿姨臉色不大對地拍拍手催道，走吧走吧，別待了，天快黑了。她帶頭往巴士走，我們也沒再去別的地方草草結束了一日遊。

瀋陽有一大票母親大學時代的同學，平時不大聯絡趁著母親回來便大家聚聚。我們挨家挨戶造訪，從這家的醬菜拌菜吃到那家的餃子盒子，味蕾當場經歷一次急遽返祖，平常吃得精細的母親被同學取笑突然改了農民口味只吃粗糧。的確最普通家常的麵製食品都想不到的美味，窩窩頭饅頭鬆糕發糕，不論是高粱米麵、小麥麵、白米麵、玉米麵做的，燕瘦環肥酥的酥軟的軟，各種度量衡學問都在發麵的過程裏面。當然也有一派是大咧咧的大蔥大蒜大塊燜大碗燉的農家菜，但是秀氣精緻的小盤小碟小椿小件的也不少。瀋陽曾是滿清陪都，又做過十幾年日本殖民地，日常起居中偶一閃現的飾美造型，是宮廷儀制加上日本文化的浸染吧。我記得市面頗蕭條，沒甚麼吃的賣。母親講過的童年小吃像綠豆丸子、碗托涼粉、抹糖油果子都已絕跡。偶爾看到路旁有糕點小販，木板子上一大方塊白色或米黃色看上去好黏糯的海綿糕，我媽說就是她小時愛吃的涼切糕、捲切糕、江米切糕、蜂糕等的變調，風味接近現在高檔超市有賣的統稱和菓子的日式點心如草餅、大福餅、栗饅頭、蜜糖糕、羊羹等，雖然一個平民化一個貴族化，但吃進母親嘴裏都是家鄉的味道。然而豪情勝慨大開大闔仍是東北百姓的本色，我能體察到母親的慷慨好客基因是哪兒來的。饅頭餅子一做一大落，五餅二魚取之不竭。捲塊醬肘夾根蔥，生蒜啃一頭，白乾一斛漱漱口，古時征人單騎走千里可是帶著滿口腔蒜味上路的？

我去的時候是夏天，乾旱流火月。天無雲，地無雨，滾滾塵國皆靜寂，極目是灰背灰腹水泥住宅水泥牆。母親的兒時故居仍屹立在福康街舊址，破門樓皮剝肉落巍巍杵撐。二進的四合院裏房子蓋得蜂窩似的，窟窟窿窿住滿了人家。門檻沒了但門房還在，院子裏兩棵老槐樹還在，沒精沒神立在那兒打盹，黑乎乎的快看不見綠了。母親兒時在槐樹下跟妹妹玩過彈玻璃球遊戲。紅藍綠各色玻璃球撒滿地，留個大的做頭，地裏摳個小洞，不遠處畫一直線，球置線上捏指一彈，成功彈進洞裏的是贏家，說穿了就是最原始的高爾夫球。

我指著門柱問母親：是你家從前那門嗎？她說，是，就是那門。

我又指著槐樹：是你家從前那樹嗎？她說，是，就是那棵。

海市蜃樓終於有個實體讓我逐物相認。此刻兩個遠來異鄉客依門佇立，舶來衣裝美白面容，抬頭看舊日門牆盡毀只剩襤褸對夕照。少小離家老大回，鄉音無改鬢毛催。曾經時代的風將這一家的種籽向南吹，向南吹，吹到好遠好遠的南方小島。曾經有個滿漢混血女子從這門裏走出去，走上一生的夢途。

異國之痕

我在考慮該報讀美國哪間大學的時候心裏就游游移移想著要去一個四季分明、春夏秋冬都齊的地方。我已經在小說裏寫過雪又描繪過雪，總要親眼看看雪才甘心。就因這稚氣一念我去了美國密西根州，地理上它位於美洲大陸的東北部。

最近我在校閱自己的舊散文集《春在綠蕪中》時，在一篇大學時期的文章發現這樣的線索：「有一天，我忽然決定從此不寫作了。來美國半年間我的文章有三，首篇經朋友催促，生活起居尚未就緒，先閉門寫足四天，結果破爛不堪……」

當下豁然想起這篇經朋友催促、閉門寫足四天的文章便是〈卻遺枕函淚〉——《停車暫借問》的第三部。所謂「生活起居尚未就緒」是指剛下飛機，生平第一遭踏足的異國校園都沒來得及看一眼呢。若不是當年寫下這幾句話，我都忘了小說的這部分是在美國寫的。如今記下這一段不爲別的，只爲了那包牛肉丸的事。

也許該先解釋一下這部小說是先在臺灣的報章上連載發表，也是先在臺灣付梓出書。所謂「經朋友催促」是指臺北的友人打長途電話來叫我把小說續寫個兩萬字。當時長篇小說的標準字數爲十萬，已寫成的頭兩部合起來只夠八萬，朋友便勸我再寫一段湊夠出書字數比較好辦。

我快要去美國升學了，沒想到天外飛來「加料」口諭讓我心情大亂，寫作經驗淺的我甚覺趕鴨子上架。然而出書攸關，怎麼可能拒絕呢？連我自己都出乎意料的沒花多少時間便構思好情節，趁上飛機前還有時間又走馬看花去了幾個可能用作場景的地點看一下實景，隔沒多久便搭飛機走人了。

第一次一個人跑那麼遠，雙腿發軟像飛太遠的小鳥。在底特律機場著陸，原以爲僑生辦事處有人來接卻遍尋不著，傻呵呵的跟人家上了大巴士，巴士把我扔在大學城所在的安雅堡路邊就頭也不回走了，一起下車的幾個人各自拖著行李極有目的的東南西北頃刻走個乾淨。我像個沒人收件的包裹一個人站在夜色深深的街道邊，不知該找誰簽字接收。行李重得提不動，不提著它走又不行，心裏慌極了簡直不知道怎麼辦才好，哆哆嗦嗦情緒快要來的時候，黑夜裏跑出個黑色的救星。

我先看見他的鮮黃球衣和刺眼的白色球襪，然後才看見他的其他部位，彷彿他是愛麗絲仙境裏的柴郡貓會逐個部位出現又逐個部位消失。是個非洲裔男生，肢體頭臉墨黑如夜，使一身足球員打扮亮眼非凡。他極和藹問我怎麼了，沒事吧。不知道啊我說，都沒人來接。也沒想到沒頭沒腦的一句人家聽不聽得明白，但他好像都懂了似的點點頭，很知道要怎麼做地彎身替我提起行李。我不思不疑跟在他後面走，走走發覺他不過是要走向剛才巴士停站的那棟褐磚大樓。我一點不知那是甚麼所在，他要帶我去那裏幹甚麼，跟著走就是。我的行李就一個箱子一個提袋，那箱子撐得飽飽的快破腹了，那男生看來臂力不小卻也只能提個離地二寸，要上臺階時他走兩步又放下，如此好幾次，最後索性將它沿地翻滾。我心想要是媽媽看見了肯定饒不了他。好不容易到了裏面的接待處，男生趨前跟櫃檯後把關的金髮胖女人嘰哩咕嚕一番。我第一次貼身聽美式英語有許多句子沒抓住，但也抓到個大意是原來那男生在這裏上班，值完勤下班在外面碰見我。我還聽懂一樣是房間都住滿了不知還有沒有空的床位。這裏有地方住！我恍然大悟。怪不得那男生帶我到這兒來。金髮女人面有難色一頁頁翻著登記冊目光上下巡移：「啊，幸好，床位有一個。」我鬆一口大氣，不用露宿街頭了。男生沒再多待，放心抛下一句「good luck」便瀟灑地走了，我的足球員。

原來正規宿舍都還沒開放，提前抵步的僑生都先住進國際中心的臨時宿舍。跟我同室的女生也是香港人，大姐姐樣人很安靜，我樂得不用跟她講話，默默各自爲政。沒兩天她搬走，沒別的人再搬進來，我一人獨佔空房放手寫起來。那幾天有沒有出過房門不記得了，就有，也只是去走廊盡頭的販賣機買盒牛奶。

我把窗簾全拉上以製造暗夜。靠牆有張夾板釘成的連書架書桌，書架底板橫嵌一條日光燈管光線剛夠覆蓋桌面，我在那冷白光線下恍如扶乩者被無形異力附身在沙盤上寫字日寫夜寫，寫累了和衣睡，睡醒又寫，渾忘了時間也渾忘了三餐，唯一的小插曲是有兩個香港同學會的幹事來敲門聯誼，我擺明拒人千里隔著門縫跟人家答話，很沒禮貌的連門縫都不肯開大一點，他們一走我又一頭鑽進腦子裏的世界裏了。

我是怎麼維持體力的？一定還有許多其他細節但是都想不起來了。只有那包牛肉丸的事還很清楚記得。就是那種香港的粉麵店用來下粉麵的牛肉圓子，圓咕隆咚用筷子夾不起來，必須一粒切開兩半才好夾一些，在家母親會用來炒菜或炒西紅柿，我從小愛吃的。母親怕我抵步後一時張羅不到吃的，也不管美國不准帶肉類入境，買來約半斤一包的牛肉丸細心封好塞在行李箱的衣服裏。不錯我是成功偷運過關了，但母親絕想不到我一下飛機就顧著寫東西，又住進這樣的只有基本坐臥設施的臨時宿舍，根本忘了把牛肉丸從皮箱裏拿出來，等我想起可以用它充饑時，本來是灰色的牛肉丸已經變成綠色，一聞，哇好臭。我捧著它只是傷心，母親那個把牛肉丸塞進皮箱裏的動作不停在我眼前倒帶翻播，它上面附著了別離的憂鬱和母親的不捨呢。我無論如何捨不得扔，捨不得扔，也不能扔啊。它是唯一能讓我補充體力的東西。我隨身還有個小小的綠色燒水壺，只能燒水不能煮東西的，但我管不了那麼多就用那個綠色水壺煮我的綠色牛肉丸子，煮到一個個脹大漂在水面便舀起來吃。味道有點酸，但不難吃啊。

我沒吐也沒鬧肚子，很平安地把十幾粒牛肉丸吃完，依靠它們給我的卡路里把稿子趕完。

悲歡離合兩萬字，昨夜花落知多少。幾天下來人來人往的聒噪走廊日益沉寂，我出去看一下很驚訝發現走道空淨一片，人撤了大半了，但這時就算看見滿牆壁的爬藤蛛網我也不會吃驚到哪裏去的。完稿的時候是清晨，低血糖得虛脫，輕飄飄只剩個空殼。拉開窗簾請天光進，迎進晨曦也迎進鳥語。美國原來眞是不同，一開窗便天大地大。地上有花有樹，天空粉白粉藍像小孩用粉筆畫的畫，再畫個太陽就是大晴天。一切美麗極了，會吹口哨的話眞想吹。初秋的空氣玻璃脆，我做著深呼吸，第一次感覺到自己的確是到了異國了。

幾個月後密西根五十年來最冷的冬天被我碰上，我犯了癡呆在最冷的一天出門，冰天雪地裏等巴士，寒風中成了冰棒人，不光是下巴要被凍掉，恐怕十隻腳趾頭都要不保，要是讓媽看見了又要嘮叨：「你這孩子這不是二虎嗎？零下五十度還出門，會凍死你知道不……」但我總算知道東北——中國那個東北——冬天有多麼冷了。這念頭像個新蒸饅頭暖熱著我的心。

新痕與舊痕

自從久遠那次我沒再回去過瀋陽，父母多次回去都懶得隨行。我像隻鼻子特靈的狗聞到了好題材，探爪一撈近水樓臺先得月，到手後又棄之如敝屣不稍回顧。寫作本來就是自私的，難保哪天它對我又有用了，我復又回過頭來跟它卿卿我我了。

然而情懷儘管會過去，記憶卻沒有過去式。這篇文字不是爲了懷舊，也不是爲了追源溯始，而是陳述一些家庭的點點滴滴的記憶遺痕。東北永遠會是我家的情感經驗裏的熟金調子，年深月久的絲絲瓤瓤的瓜葛。腸胃的，人事的，語言的。在書寫中，過往的一切經驗、情感與記憶重又回到眼前來，這個過程是我珍視的。

修訂並不是爲了讓書變得更好，而只是把當年一些限於經驗和資料缺乏沒能解決的方言上的難題稍作處理。大概凡是要把方言轉化成書面語言都會遇到類似的難題，秀才遇著兵有理說不清。東北方言化成文字的難處在於它含有大量的滿語詞彙都是有音無字的，類似廣東話有許多字彙需要憑音造字的情形一樣。畢竟我沒有在東北生活過，會連整個意思都弄錯，這次恐怕也不能做到盡善，只是減少一些明顯的謬誤而已。

延挨到現在才做修訂的好處是得以借助新科技。不看不知道，這些年東北同鄉沒閒著，網上已熱鬧滾滾發展出一套頗爲像樣的東北方言的寫法和用法的規格，儘管未能盡釋疑難，總好過像當年那樣查證無門。東北話的爽氣可喜部分正源於滿語的富於音樂性和民族色彩，妙語跌宕一言抵萬語，修訂的過程我好幾次鑽了進去樂而忘返，但覺老百姓的生活智慧盡在其中。但願它繼續受惠於互聯網，日月長新花長生。

這次的修訂範圍主要集中於三方面。一是把方言的部分收拾一遍，二是將文義含糊混亂處略爲理清理順，三是例行的撿錯字別字，其他盡量不多手亂改。不爲了省事，實在是怕改壞了，用我現時的求好求正確的尺度，煞風景破壞天眞未鑿。除非直接影響閱讀理解，否則即便有幼稚或不通，我寧忠於作品的原貌。

《停車暫借問》是一個淺薄說書人年少時的幻想非非之作，半生創作路由它開始。沒寫的這些年，時代不是一個變字了得，我像山頂洞人沉睡三千年重返人間，不知今夕何夕。世界大事看電視就知道，文壇的情況只能機緣湊巧知個一鱗半爪。對於文學的悲觀論調是聽慣的，多少人跟我說沒人愛看文學了，沒人愛看小說了，甚至，沒人愛看書了。正因爲我試過脫隊，我瞭解到其實多麼容易就可以沒有了這個東西而仍然活得很好，一點也不覺得缺少了甚麼。對我來說寫作已不是必然。正因爲如此，能夠重新歸隊讓我倍覺珍惜，像好運氣撿回失去的東西，不論能擁有它多久我都心生感激。因此我是多麼在意許多同業仍在不計成果努力著，仍不斷有新的認眞的作家寫出精彩的作品。同生於一代是緣，同寫於一代，是仙緣。

荒田十畝無人耕，且以細步逐字行。休耕太久的人重新拿起鋤頭，不但千斤重且實在沒信心這片田地還會再接受自己，唯一能做的只是一字一字寫去，像我外婆當年一步步走去喝肉湯，即便不能像她那樣吃得飽飽的回來，我也希望回家時是跟她一樣帶著快樂的心情。

感謝所有讀過和喜歡過這部書的讀者，也希望將來仍有讀者讀它，喜愛它。如果它慰悅過任何一個人，任何一個世間的心靈，它便不是徒然的。對我個人來說，它的寫作與成書，讓我得以留住一小部分母親的花樣時光，她愛戀過的家鄉的風物。如果不是和母親有過一段貼耳交心的日子，我對她的家鄉不會產生如此花開千朵的聯想，這本書也根本不會誕生。它是一幀文字鑲嵌的照片，裏面是我與母親的合影。

殊不知傾國與傾城，佳人難再得——難再得的是青春年少，易老朱顏。母親操勞半生，憂多樂少，卻付給兒女們她所有的愛。希望母親不嫌這份心意遲來了四分之一世紀——謹以此書獻給她。

搖啊搖，搖到外婆橋。外婆家住旗人巷，生得女兒勝兒郎。
學成妙手回春術，惟願懸壺濟四方。嫁得夫君南洋客，迢迢萬里下香港。
不甘所學從此棄，巾幗郎中慶開張。能治百病精斷症，贏得美名滿街坊。
難為一身兒女債，朝九晚九養家忙。柴米油鹽勤記帳，一打雞蛋幾斤糖。
可憐歲月催人老，青絲三千都成霜。春來無力秋咳嗽，誰為國手加衣裳。
光陰轆轆如輪轉，停車不識舊同鄉。千里姻緣原是幻，兒孫福分幾時嘗。
嫦娥應悔偷靈藥，須知此藥可斷腸。月亮光光月亮光，萬里長城萬里長。

二〇〇八年七月，香港

文學森林 LF0110

停車暫借問

——趙寧靜傳奇

作者
鍾曉陽

一九六二年十二月，出生於廣州，旋即隨父母移居香港。美國安雅堡（Ann Arbor）密西根大學畢業，主修電影與電視欣賞。十五歲開始寫作，以小說〈病〉獲香港第五屆青年文學獎小說初級組推薦獎。十七歲暑假跟母親回瀋陽，不久開始寫小說〈妾住長城外〉，之後與〈停車暫借問〉、〈卻遺枕函淚〉結集為「趙寧靜的傳奇」三部曲《停車暫借問》，出版後轟動文壇，讓整個華文世界為之驚艷，獲「張愛玲的繼承者」讚譽。

參與過多部香港電影文字創作。與林夕、周耀輝等同被列為香港第五代的詞人。知名的〈最愛〉（張艾嘉原唱）、〈是這樣的〉（《阿飛正傳》片尾曲，梅艷芳主唱）。還有黃韻玲的〈事情本來就是這樣〉、黃耀明的〈咖啡杯裏的風光〉……以及《花樣年華》、《2046》故事對白編寫。

作品另有短篇小說集《流年》（1983）、《愛妻》（1986）、《哀歌》（1986）、《燃燒之後》（1992），散文與新詩合集《細說》（1983），長篇小說《遺恨傳奇》（1996），詩集《槁木死灰集》（1997）。曾停筆十年，二〇〇七年重新在香港《明報》發表散文。二〇一四年推出全新作品《哀傷紀》，續寫了二十四歲的中篇《哀歌》。二〇一八年，鍾曉陽打破小說家不動舊作的慣例，將唯一長篇小說《遺恨傳奇》全部翻新，更名為《遺恨》。

封面設計　林小乙
編輯協力　詹修蘋、宋慧如
行銷企劃　劉容娟
版權負責　陳柏昌
副總編輯　梁心愉

初版一刷　二〇一九年六月二十四日
定價　新台幣三八〇元

ThinKingDom 新經典文化
發行人　葉美瑤
出版　新經典圖文傳播有限公司
地址　臺北市中正區重慶南路一段五七號十一樓之四
電話　02-2331-1830　傳真　02-2331-1831
讀者服務信箱　thinkingdomtw@gmail.com

總經銷　高寶書版集團
地址　臺北市內湖區洲子街八八號三樓
電話　02-2799-2788　傳真　02-2799-0909
海外總經銷　時報文化出版企業股份有限公司
地址　桃園市龜山鄉萬壽路二段三五一號
電話　02-2306-6842　傳真　02-2304-9301

停車暫借問 / 鍾曉陽著. -- 初版. -- 臺北市 :
新經典圖文傳播, 2019.06
304面 ;13*18.5公分. -- (文學森林 ; LF0110)
ISBN 978-986-97495-6-5(精裝)

857.7　　108007009